suhrkamp taschenbuch 816

Natalia Ginzburg wurde 1916 in Palermo geboren. Während des Zweiten Weltkriegs gehörte ihre Familie zu den aus rassischen Gründen Verfolgten. Natalia Ginzburgs Mann, Leone Ginzburg, ein Schriftsteller russischer Herkunft, hatte eine führende Rolle in der antifaschistischen Widerstandsbewegung; mit ihren Kindern teilte sie von 1940–1943 seine Verbannung in den Abruzzen. 1944 starb Ginzburg im deutschen Teil des römischen Gefängnisses Regina Coeli. In den Nachkriegsjahren arbeitete Natalia Ginzburg als Lektorin, Übersetzerin (Proust) und Schriftstellerin. Heute lebt sie in Rom. Veröffentlichungen: *Caro Michele*. Der Roman einer Familie, 1974; *Ein Mann und eine Frau*, 1980; *Mein Familien-Lexikon*, 1965.

Natalia Ginzburg erzählt Geschichten über eine Zeitkrankheit: über den Zerfall familiärer, ehelicher, freundschaftlicher, verwandtschaftlicher Beziehungen. Sie erzählt ohne Pathos und ohne Sentimentalität, unaufwendig und daher um so wirkungsvoller, um so radikaler in ihrem Protest gegen die italienische Gesellschaft mit ihrem Familien-, Mütter- und Kinderkult. *Ein Mann und eine Frau* ist die Geschichte eines Mannes, der im überholten, ermüdenden Rahmen einer Familie lebt und ständig mit dem konfrontiert ist, was hätte sein können: seine einzige echte Beziehung war die zu der Frau, mit der er vor seiner Ehe gelebt hat.

Die zweite Erzählung *Borghesia. Das Lied vom Bürgertum* erzählt von einer Frau, die mit ihren Katzen lebt, die kommen und gehen, geboren werden und sterben. Und wie in einer Parabel läßt sich das Leben ihrer Katzen auf das ihrer Familie übertragen: man kommt, man geht, lebt unverbindlich, beziehungslos wie die Katzen.

Natalia Ginzburg
Ein Mann und eine Frau

Aus dem Italienischen von
Arianna Giachi

Suhrkamp

Titel der Originalausgabe: *Famiglia*
Umschlagbild: Joel Meyerowitz, aus:
Die Farbe, München 1981

suhrkamp taschenbuch 816
Erste Auflage 1982

Druck: Nomos Verlagsgesellschaft, Baden-Baden
Printed in Germany
Umschlag nach Entwürfen von
Willy Fleckhaus und Rolf Staudt

3 4 5 6 7 – 89 88 87 86

Inhalt

Ein Mann
und eine Frau

Ein Mann und eine Frau gingen eines Nachmittags einen Film anschauen. Es war an einem Sommersonntag. Bei sich hatten sie ein vierzehnjähriges Mädchen und zwei kleine Jungen von etwa sieben Jahren. Der Mann war groß und schön mit schwarzem, lockigem Haar, er hatte ein großflächiges dunkles Gesicht und einen großen ernsten Mund. Er trug eine dunkle Brille und einen ganz zerknitterten blauen Anzug. Die Frau war klein, nicht schön, mit einem winzigen olivfarbenen Gesicht, ihr schwarzes Haar war oben auf dem Kopf zu einem Knoten zusammengezwirbelt, ihre Augen waren grün, ihre Brauen dicht, die Schultern abfallend und die Hüften breit. Sie trug einen Jeans-Rock und ein blaues sehr verblichenes T-Shirt. Sie waren Freunde, die sich schon lange kannten. Einstmals in ihrer Jugend waren sie Liebesleute gewesen und hatten zusammen gelebt. Jetzt aber waren sie nur Freunde. Das kleine Mädchen war die Tochter der Frau und hieß Angelica. Sie war hoch aufgeschossen, hatte feuerrotes Haar, das ihr auf die Schultern fiel, eine Strähne, die ihr so über ein Auge baumelte, daß man nur das andere gelblich-braune Auge sah, und war sehr sommersprossig. Sie trug einen grasgrünen Glockenrock und eine rohseidene Bluse. Der Kleinere von den beiden Jungen war das Kind des Mannes. Er hieß Piergiorgio, wurde aber Dodò genannt. Er war dick, mit glatt in die Stirn gekämmtem braunem Haar, runden, schüchternen Augen und hatte einen Kamelhaarpullover um die Taille geknotet. Der andere Junge war mager und von dunkler Hautfarbe, mit breiten weißen Zähnen, die ihm über die Lippen vorstanden. Er hieß Daniele und war das Kind einer Wohnungsnachbarin, einer gewissen Isa Meli, die an diesem Tag müde war und Lust hatte, den ganzen Nachmittag zu schlafen. Was dieser Pullover bloß solle, fragte Angelica und zeigte auf das dicke Kind. Sie hatte eine dünne, strenge und altkluge Stimme. Sie war höchst unzufrieden darüber, am Sonntagnachmittag mit ihrer Mutter und diesen beiden Kindern ausgehen zu müssen, und ihr einziges Auge blickte zwischen den Sommersprossen gelangweilt und ernst drein. Der Mann strich ihr die Strähne von der Schläfe zurück. Für eine Sekunde erschien das zweite Auge, dann verbarg die Strähne es von neuem. Weil es im Kino, wenn es klimatisiert ist, antwortete der Mann, kalt wie am Nordpol sein kann.

Der Film war ein Farbfilm und hieß »Baratro – Abgrund«. In einer sehr weißen Villa an einem einsamen Strand nahmen Milliardäre Erfrischungsgetränke zu sich, schwammen, sonnten sich und stritten sich um ein Vermögen. Der Mann und die Frau folgten dem Geschehen nicht, sondern jedes dachte an seine eigenen Angelegenheiten. Der Mann dachte an einen Brief, den ihm seine

Frau am Tag zuvor aus Venedig geschrieben hatte und den er in der Jackentasche stecken hatte. Sie war seit mehr als einem Monat in Venedig. Zum ersten Mal seit seiner Geburt hatte man Dodò nicht in die Sommerfrische geschickt, er verbrachte die Vormittage einfach in Fregene und die Nachmittage zu Hause, wo er sich langweilte. Der Mann liebte seine Frau nicht mehr, war aber eifersüchtig. Er dachte, daß sie in Venedig jemanden haben müsse. In Gedanken ließ er – wie so oft im Lauf des Tages – alle Leute, die dort mit ihr zusammenwaren, Revue passieren, und dieses dauernde bohrende Grübeln demütigte ihn. In die Sommerfrische hätte er vielleicht mit Dodò fahren können, aber er hatte nicht die geringste Lust dazu und gebrauchte sich selbst gegenüber die Ausrede, ein Buch beenden zu müssen, das er gerade über die Außenquartiere in den modernen Städten schrieb. Die Frau dachte an ihre Eltern, bei denen sie jeden Sonntag mit Angelica zu essen pflegte und mit denen sie jeden Sonntag aus politischen Gründen stritt, da ihre Eltern in letzter Zeit sehr reaktionär geworden waren. Daniele, der magere Junge lachte, obgleich es an »Baratro« nichts zu lachen gab. Beim Lachen kuschelte er sich in seinen Sessel, schüttelte sich und trat Dodò dabei, der neben ihm saß. Dodò lachte ebenfalls, wobei er seinem Vater die runden, erschrockenen Augen zuwandte. Die Klimaanlage schien kaputt zu sein, denn man hörte kein Summen, und es war ebenso heiß wie draußen. Wie am Nordpol, äußerte Angelica. Der Mann meinte, in einem andren nicht sehr weit entfernten Kino mit meistens ausgezeichneter Klimatisierung laufe ein Trickfilm, der für die Kinder schöner sei. Die Frau fragte ihn, weshalb er das nicht vorher gesagt habe. Er sei drauf und dran gewesen, antwortete er, aber er habe den Eindruck gehabt, sie wolle schrecklich gern »Baratro« sehen. Tatsächlich, sagte sie, gingen Trickfilme über ihre Kraft. Wenn sie aber in den Trickfilm gehen wollten, so könne sie draußen in einem Café warten. Angelica sagte, sie seien verrückt, sie hätten doch für jede Eintrittskarte fünftausend Lire gezahlt. In den Sesseln hinter ihnen bat jemand um Ruhe. Die Milliardäre fuhren in einem Motorboot, pflügten das blaue strudelnde Meer, das rings um sie hoch aufspritzte. Dann starben sie einer nach dem anderen, einige brachten sich gegenseitig um, andere verschlang ein Raubfisch. Als sie das Kino verließen, war es noch Nachmittag. Der Mann hatte das Gefühl, sein Kopf sei voll von Meer, Sand, Erfrischungsgetränken, Raubfischen und Strömen von Blut.

Sie setzten sich auf einem kleinen Platz in ein Café im Freien. Ein Kellner schlug ihnen Zigeunerbecher vor, und Angelica und die beiden Jungen sagten, daß sie das möchten. Die Frau und der Mann bestellten sich zwei Bier. Der Zigeunerbecher bestand aus einem großen Glas mit einem Turm aus Schlagsahne, drei kandierten Kirschen, Pistazien und einer Waffel, die aufrecht in der Mitte eingepflanzt war. Nachdem der Mann sein Bier getrunken hatte, trocknete er sich mit seinem Taschentuch Wangen, Stirn und Hände. Die Frau fragte ihn, warum er so düsterer Stimmung sei. Er antwortete, er habe von Ninetta einen häßlichen Brief bekommen. Ninetta war seine Frau, Dodòs Mutter. Die Frau fragte, inwiefern der Brief häßlich sei. Eben häßlich, voll von kleinen Bosheiten. Der Frau war Ninetta höchst verhaßt. Beide dachten an sie, jedes auf seine Art. Dem Mann stand Ninettas hochgewachsene, fragile Gestalt vor Augen, ihre zarten und leicht gebeugten Schultern, der lange Hals, der Kopf mit dem weichen schwarzen Pony, das Gesicht von milchiger Blässe und ihr Lächeln, das sie wie eine Kostbarkeit darbot. Er liebte sie nicht, hatte aber diese schwarzen Stirnfransen den ganzen Tag vor Augen und fand es demütigend, sie so vor Augen zu haben und darunter zu leiden, ohne Liebe, gereizt und mit einem Haufen mißgünstiger und kläglicher Ressentiments. Die Frau fand Ninetta dumm wie eine Pflaume. Seltsam, daß sie einen Brief geschrieben hatte, das gehörte durchaus nicht zu ihren Gewohnheiten, sie zog es immer vor zu telefonieren, sagte der Mann. Weder am Telefon noch in diesem Brief sagte sie, wann sie zurückzukommen gedenke. Um Dodò kümmerte sich ein schönes und unbrauchbares spanisches Au-pair-Mädchen, das dauernd unterwegs war, weil es Ungelegenheiten mit Geld und Männern hatte. Zum Glück gab es Evelina. Evelina kam jeden Tag, brachte das Kind nach Fregene, brachte es wieder zurück und blieb den ganzen Tag bei ihm. Gekocht wurde von der Portiersfrau, weil Ninetta vor ihrer Abreise nach Venedig mit der Köchin gestritten und sie entlassen hatte. Evelina fand, Ninetta habe recht daran getan, weil die Köchin schmutzig war. Ich weiß nicht mehr, wer Evelina ist, sagte Angelica. Evelina war Ninettas Mutter, die Großmutter von Dodò. Ohne Evelina wäre ich verloren, erklärte der Mann. Nur war sie immer von Ängsten erfüllt. Wenn sie jetzt gesehen hätte, daß Dodò den Zigeunerbecher aß, wäre sie in Ohnmacht gefallen. Sie war gegen Schlagsahne. Gegen Pistazien. Gegen kandierte Kirschen. Bei allem witterte sie künstliche Farbstoffe. In Schlagsahne gibt es keine Farbstoffe. Nein, aber es muß etwas anderes darin enthalten sein, was nicht angeht, verunreinigte Milch, verunreinigter Zukker. Ich weiß es nicht, sagte der Mann. In Wirklichkeit sei Evelina tötend, sagte er leise. Sie brachte das Kind nach Fregene, aber nicht an den Strand, sie und Dodò verbrachten die Vormittage in der Villa von Freunden, die ein Schwimmbad hatten. Mit diesem Schwimmbad nervte sie einen.

Das Wasser darin war ihrer Ansicht nach so klar und sauber, daß man es sogar trinken konnte. Es gebe dort ein weißes Hündchen, erzählte Dodò, winzig klein und wunderschön. Es hieß Fiocchino, Flöckchen. Aber keine Kinder, um mit dir zu spielen, wandte der Mann ein. Nein, kein einziges Kind. Zweimal war der Enkel des Aufsehers gekommen. Nein, dreimal. Aber er war fast sofort wieder gegangen. Dodò aß den Zigeunerbecher sehr langsam. Daniele war mit seinem längst fertig und war in das Café hineingegangen, um beim Tischfußball zuzuschauen. Du wirst sehen, daß wir um Mitternacht noch hier sitzen, äußerte Angelica. Wir haben keinerlei Eile, erwiderte der Mann. Keiner ist hinter uns her, und hier läßt es sich doch so gut sitzen. Jetzt ist es auch kühl geworden. Die Frau strich Dodò über das Haar. Sie zog aus ihrer Strohtasche einen Kamm und begann, sein feines, glattes, helles Haar auf der Stirn zu scheiteln. Der Mann sagte, sie solle aufhören. Es war ganz unnötig, ihn zu kämmen. Er mochte ihn nicht mit einem Scheitel, er hatte ihn lieber ohne, mit einem Pony wie seine Mutter. Wirklich nötig war es dagegen, Angelicas Strähne zu kämmen. Er nahm der Frau den Kamm aus der Hand und kämmte die Strähne. Angelica beugte ihren Kopf fort und gab ihm einen Klaps auf die Hand. Wie lieb, sagte der Mann. Es gebe doch, so fuhr er fort, Haarklemmen und Spangen zu kaufen, die vorzüglich dazu taugten, um das Haar in Ordnung zu halten. Selbst die Tabakhändler führten sie.

Der Mann hieß Carmine Donati und war vierzig Jahre alt. Er war Architekt. Als solcher verdiente er gut, aber er hatte keines der Ziele erreicht, die er sich in seiner Jugend gesteckt hatte. Das Buch, das er jetzt über die Stadtrandquartiere schrieb, erschien ihm in manchen Augenblicken mittelmäßig, dann wieder neu und originell. Die Frau hieß Ivana Riviera und war siebenunddreißig Jahre alt. Sie lebte von Übersetzungen und suchte eine feste Anstellung, die sie jedoch nicht fand. Lange Jahre zuvor, als sie zusammen lebten und einander liebten, diskutierten sie ununterbrochen über alles und suchten sich gegenseitig zu ändern, weil sie ihn freier gewollt hätte und er sie unordentlich in ihrer Zeiteinteilung, im Haushalt und in ihren Ideen fand. Sie pflegten nachts aufzuwachen, zu diskutieren, über ihre gegenseitigen Fehler zu räsonnieren und laut darüber nachzudenken, ob sie einander heiraten sollten oder nicht. Sie hatten ein winziges Appartement in der Via Casilina, das praktisch aus einem einzigen Zimmer bestand. Allerdings gab es auch eine Dusche und einen Miniatur-Vorplatz. Sie kochten in dem Zimmer, in dem auch ihr Bett stand. Eine große Terrasse war da, auf der sie Blumen zu züchten versuchten. Sie besaßen einen Uhu, ein Kaninchen und einen Kater. Dem Kater hatten sie den Namen Fidèl gegeben. Einmal waren seine Eltern sie besuchen gekommen, Bauersleute, die in Vinchiaturo wohnten, einem kleinen Ort in den Abruzzen. Sie hatte sich bemüht, nett mit ihnen zu sein. Aber es war ihr seltsam vorgekommen, mit einem Mann zu leben, dessen Mutter ein schwarzes Kopftuch trug, verdorbene schwarze Zähne hatte und beinahe eine Analphabetin war. Das war ihr sehr seltsam vorgekommen. Die alten Bauersleute waren über die große Unordnung in der Wohnung, das Kaninchen und den Kater, ja über alles erschrocken und verstört. Kaninchen hatten sie selber viele, aber sie fütterten sie mit Gras, während diesem Kaninchen reichlich Äpfel und Broccoli serviert wurden, die eigens für es gekocht worden waren. Außerdem fanden sie den Gedanken unerträglich, daß die beiden zusammen lebten, ohne zu heiraten, und sahen dafür keinen Grund. Ihre Eltern waren zu dieser Zeit in den USA, wo ihr Vater, ein Mathematiker, an einigen Universitäten Vorlesungen halten sollte. Sie schrieben ihr mißtrauische Briefe, weil sie befürchteten, daß Carmine Donati, den sie nicht kannten, ein Taugenichts sei. Sie wußten, daß er von bescheidener Herkunft war, und das machte ihnen nichts aus, aber der Gedanke, daß seine Mutter beinahe eine Analphabetin war, schien ihnen unerträglich. Sie dachten, er hätte sich aus Berechnung mit ihr zusammengetan, um eine andere und höhere soziale Stellung zu erreichen. Doch als sie schrieb, sie sei schwanger, antworteten sie, nun müßten sie heiraten. Sie bekamen ein kleines Mädchen, dem sie den Namen seiner Mutter, Carmela, gaben. Sie beschlossen zu heiraten, warteten damit aber bis zum Frühjahr, um Freunde einzuladen und ein großes Fest auf der Terrasse zu geben. Das Kaninchen starb, und den Uhu gaben sie fort, weil das Kind sich vor ihm ängstigte. Den Kater besaßen sie immer noch. Frühjahr und Sommer gingen vorüber, aber verheiratet waren sie nicht, weil er sich ein bißchen in ein Mädchen verliebt hatte, das sie immer im Restaurant trafen und das fotografierte. Das Kind war auf dem Standesamt unter dem mütterlichen Familiennamen, Riviera, eingetragen worden, der Vater galt als unbekannt. Sie diskutierten nachts nicht mehr, teils um das Kind nicht zu wecken und teils weil ein Gedankenaustausch sie jetzt schrecklich langweilte. Tagsüber sahen sie sich wenig, da er viel in einem Büro an der Via della Vite arbeitete, das er mit anderen teilte, und sie das Kind zu ihren Eltern brachte, die inzwischen aus Amerika zurückgekehrt waren. Bei ihnen gab es eine sehr viel bessere Terrasse, kühl und von Bäumen umgeben. Das kleine Mädchen starb mit anderthalb Jahren an Kinderlähmung. Nach seinem Tod hatten sie sich getrennt. Sie hatte das Appartement in der Via Casilina nie wieder betreten wollen, nicht einmal, um ihre Wintersachen zu holen, wozu sie ihren Vater dorthin schickte. Er, Carmine, war noch für einige Jahre in der Wohnung geblieben, zusammen mit dem Kater Fidèl und einem Mädchen, nicht mit dem, das fotografierte, sondern mit einer anderen, die Schauspielerin war. Nachdem der Kater Fidèl auf den Dächern verschwunden war, hatte er sich eine große Hündin angeschafft, die sich nachts jedoch auf das Bett legte, was das Mädchen nicht duldete. Ivana, die ihre eigenen Eltern nicht mehr ertragen konnte, war nach England gegangen. Sie hatte eine Bildhauerschule besucht, war dann zu einer Reiseagentur gegangen und hatte schließlich als Garderobiere in einem Blindenheim gearbeitet. Von einem großen, hageren und rothaarigen Studenten der hebräischen Sprachwissenschaften, den sie auf einem Fest gekennengelernt hatte, bekam sie ihre Tochter Angelica. Sie war nicht verliebt, aber sie wollte ein Kind. Er hieß Joachim Halvey. Er hatte sie nach Bristol mitgenommen, um sie seiner Tante, einer sanften weißhaarigen Zeichenlehrerin in einer Vorschule, vorzustellen, hatte aber nie erfahren, daß er Vater geworden war, da er kurz, nachdem sie sich kennengelernt hatten, in eine Nervenheilanstalt eingeliefert wurde. Die Tante war von Bristol nach London gekommen, um

Angelica in der Klinik zu sehen, in der sie geboren worden war, und war dann nochmals von Bristol gekommen, als Ivana mit Angelica nach Italien aufbrach. Sie hatte sie an den Zug gebracht und hatte Angelica, die damals vier Monate alt war, ein riesiges Medaillon mit einem Bild von Joachim als Kind geschenkt. Die Tante schrieb hin und wieder und schickte Angelica jedes Jahr zu Weihnachten Papierblumen zum Ausschneiden. Die Nachrichten von Joachim waren schlecht. Als sie wieder in Rom war, mietete Ivana eine Wohnung in der Via del Vantaggio. Vater und Mutter, die mit Angelica zärtlich, ihr gegenüber aber bitter waren, halfen ihr. An Joachim hatte Ivana ungenaue und beängstigende Erinnerungen. Manchmal stiegen seine Züge, seine Magerkeit, seine Kordhosen und sein schlenkernder Gang in ihr auf. Das Medaillon, das sie manchmal, selten anschaute, enthielt das Gesicht eines rosigen Säuglings vor einem himmelblauen Hintergrund. Er schlug sie. Ihr Verhältnis hatte nur wenige Wochen gedauert, zum Schluß hatte sie sich im Zimmer ihrer Pension eingeschlossen, bis ihr gemeinsame Freunde mitteilten, daß er in eine Klinik eingeliefert worden sei. Noch jetzt wachte sie nachts manchmal angstgeschüttelt auf. Er könne aus der Anstalt fliehen, sie in Rom ausfindig machen und sich bei ihr und dem Kind in der Via del Vantaggio einnisten. Sie wußte indessen, daß ihre Ängste unsinnig waren, denn

Joachim hatte, so schrieb zumindest seine Tante, keinen Willen, kein Gedächtnis und keine Stimme mehr, er war ein zu allem unfähiges Bündel, das in einem Krankensaal vergraben war. Carmine hatte sie eines Abends im Haus von gemeinsamen Freunden wiedergetroffen. Er hatte sie auf die Wangen geküßt. Sie hatten sich zehn Jahre nicht mehr gesehen. Er war aufgrund von Stipendien einige Jahre in Amerika gewesen, dann war er zurückgekehrt und hatte geheiratet. Er hatte Ninetta, seine Frau, an diesem Abend bei sich. Ein hochgewachsenes, fragiles Mädchen, das in ein schwarzes Tuch gehüllt war. Sie hatte eine besondere Art von schmachtenden, verfrorenen Bewegungen, setzte sich auf die Kissen am Boden, spielte mit ihren langen Ketten oder den Fransen ihres Tuches und schien mit ihren großen vertrauensvollen hellen Augen ständig um Schutz zu flehen. Ihr Lächeln bot sie wie ein kostbares Juwel dar. Carmine sagte, sie müßten jetzt gehen, weil Ninetta Dodò Milch geben müsse. Sie sei eine großartige Amme. Zu Ivana sagte er, sie hätten aber noch Zeit genug, um sie nach Hause zu begleiten. Sie brachten sie zu Fuß nach Hause, weil die Via del Vantaggio nur wenige Schritte entfernt war. Sie selbst wohnten in einer ganz anderen Gegend, in der Via Barnaba Oriani. Den ganzen Weg lang redete er von nichts anderem als von Dodò, seinem Kind, und Ivana langweilte sich, denn es ist langweilig von Neugeborenen reden zu hören, wenn man selbst keine hat, und sie hatte Angelica, die schon groß war und in die Schule ging. Ninetta schwieg in ihrem Pelz, hatte das Tuch jetzt um den Kopf geschlungen und bot ihr Lächeln dar. Ivana dachte an das Kind, das sie gehabt hatten, um das er sich nur wenig Gedanken machte und das er kaum angeschaut hatte. Als es zur Welt kommen sollte, hatte er sich mit der Wiege zu schaffen gemacht, und die Wiege wurde niedlich, ein Körbchen, das mit einem rotgeblümten Stoff ausgeschlagen war. Aber für das Kind hatte er sich dann recht wenig interessiert. Er war damals vielleicht noch zu jung. Ivana forderte sie auf, noch einen Augenblick zu ihr hinaufzukommen, aber sie sagten, sie müßten nach Hause, sei es wegen des Stillens, sei es, weil sie in diesen Tagen seine Eltern zu Gast hatten, die von Vinchiaturo gekommen waren, um den ersten Zahn des Kindes zu feiern. Am Tag darauf rief er sie an. Er entschuldigte sich, daß er sich am Abend zuvor nicht nach ihr erkundigt habe, immer habe nur er geredet, und dabei sei er doch so begierig zu wissen, ob es ihr gut gehe, ob sie arbeite, ob sie zufrieden sei. Man hatte ihm erzählt, sie habe ein kleines Mädchen. Das habe ihn sehr gefreut. Er fragte, ob er sie besuchen dürfe. Er kam allein. Ninetta, berichtete er, habe sie sehr sympathisch gefunden und habe ihn, als sie am Abend zuvor nach Hause gingen, vieles über sie gefragt, und sie wolle, daß Ivana zu ihnen zum Essen komme, ihre Wohnung und das Kind sehe. Jetzt habe Ninetta allerdings ein bißchen Halsweh, aber für sehr bald hätten sie dieses Essen verabredet. Vielleicht sei es zweckmäßig, damit zu warten, bis die Gäste, das heißt seine Eltern, abgereist seien. Er fragte sie, ob sie sich an sie erinnere. Sie erinnerte sich. Seine Eltern seien hingerissen von dem Kind, sie saßen ganze Stunden da, betrachteten es in seinem Bettchen und begutachteten und bewunderten seine Augen, seine Hände und Füße. Ivana fragte, ob das Kind denn ein Bettchen habe und keine Wiege. Nein, ein Bettchen mit einem rotgestrichenen Holzgeländer, das man abmontieren konnte, und dann wurde es ein Laufställchen. Es schlief seit seiner Geburt darin. Wiegen waren nicht mehr üblich. Seine Eltern waren auch von der Wohnung entzückt und von Ninetta, die, wie er sagte, reizend mit ihnen war. Das Adjektiv »reizend« fiel ihr auf, es war ein Wort, das nicht zu ihm paßte und das er früher nicht gebraucht hätte. Seine Mutter, erzählte er weiter, hatte Ninetta einen Haufen Dinge beigebracht: hausgemachte Nudeln und in Öl eingelegte Auberginen. Ivana fand, daß er langweilig geworden war. In Öl eingelegte Auberginen und Zärtlichkeiten, die Ninetta und seine Mutter austauschten, interessierten sie überhaupt nicht. Sie sagte es ihm einige Tage darauf am

Telefon. Sie finde, er sei langweilig geworden. »Und deine in Öl eingelegten Auberginen sind mir scheißegal.« Dann sagte sie, sie begreife nicht, warum sein Kind Dodò genannt werde, sie finde es greulich, Kinder bei Kosenamen und Abkürzungen zu nennen, Dodò, Fufù, Pupù, eine leidige, alberne, hassenswerte Angewohnheit. Er wurde böse und erwiderte, sie sei nur deshalb nicht langweilig geworden, weil sie schon immer entsetzlich langweilig, launisch und voll fixer Ideen gewesen sei. Doch gleich darauf kam er zu ihr. Er brachte ein Brathuhn mit, das er in einer Braterei an der Via del Babuino gekauft hatte. Angelica war schon zu Bett gegangen, wurde aber wieder herausgeholt und aß das Huhn mit ihnen in ihrem rosa Flanellnachthemd am Küchentisch. Tatsächlich hatten Ivana und Angelica schon gegessen, aber sie nahmen abends nur Milchkaffee und Butterbrot zu sich. Er nahm die Gewohnheit an, ziemlich häufig zu kommen. Ivana arbeitete an ihren Übersetzungen, er suchte ihr manchmal die Wörter aus dem Wörterbuch heraus, und dazwischen spielte er mit Angelica Schach oder las auf dem Sofa die Zeitung. Gegen Mitternacht rief er Ninetta an und sagte ihr, er komme binnen kurzem nach Hause. Ninetta schickte Ivana und Angelica viele Küsse. Doch er blieb noch ein Weilchen auf dem Sofa liegen, las, rauchte und schaute durch das Fenster auf die Bäume der Allee, die Brücke, den Fluß und auf die mondbeschienenen Dächer. Wenn sie allein waren, redeten sie im allgemeinen von ihrem gegenwärtigen Leben, von Ninetta, Angelica und Dodò. Nur selten sprachen sie von der Zeit, als sie zusammen gelebt hatten. Sie kam beiden wie eine seltsame, lang zurückliegende Epoche vor, wer weiß, wie sie auf den absurden Gedanken gekommen waren, zusammenzuleben, wo sie doch so verschieden und von widersprüchlichen, nicht in Einklang zu bringenden Naturen waren. Manchmal dachten sie liebevoll an den Kater Fidèl zurück. Von ihrem Kind, das gestorben war, sprachen sie nie.

Schließlich fand das Essen in der Via Barnaba Oriani statt, ein Abendessen, aber seit Ivana und Carmine sich an jenem Abend bei ihren Freunden wiedergetroffen hatten, war viel Zeit vergangen, und Dodò war mittlerweile beinahe drei Jahre alt. Ninetta und Ivana sahen sich fast nie, ein- oder zweimal war Ivana in der Via del Vantaggio gewesen, und ein- oder zweimal waren Carmine, Ninetta und Ivana abends zusammen ausgegangen. Eines Tages rief Ninetta Ivana an und bat sie, zu ihr zu kommen, sie sei allein zu Hause mit Dodò, dem es sehr schlecht gehe, er habe vierzig Grad Fieber und sie erreiche Carmine nicht und wisse nicht, wo er sei, erreiche die eigene Mutter nicht, erreiche keinen Kinderarzt und nicht einmal eine liebe Freundin der Familie, Ciaccia Oppi, die sich mit Kindern genau auskannte. Sie habe, sagte sie, eine entsetzliche Angst. Ivana nahm ein Taxi und fuhr in die Via Barnaba Oriani, wo sie niemals gewesen war, doch in der Zwischenzeit war der Kinderarzt gekommen und ebenso die Freundin Ciaccia Oppi und Ninettas Angst hatte sich vollständig gelegt, da der Kinderarzt ihr gesagt hatte, daß es sich um eine einfache Erkältung handele. Da es in Strömen goß, war kein Taxi aufzutreiben, Ivana wurde von Ciaccia Oppi im Auto zurückgebracht, und der Wagen blieb eine Dreiviertelstunde im Verkehr stecken, Ivana mußte mit Ciaccia Oppi Konversation machen, die ihr total schwachsinnig vorkam, und von einem gewissen Punkt an hatten sie einander nichts mehr zu sagen, während sie im prasselnden Regen in dem Wagen eingeschlossen waren, dann rührte sich der Wagen wegen des Regens nicht mehr, und Ivana und Ciaccia Oppi mußten ihn ein Stück schieben. Abends riefen Ninetta und Carmine sie an und entschuldigten sich, sie hätten von Ciaccia Oppi gehört, daß sie zum Schluß im Regen zu Fuß habe nach Hause gehen müssen. Sie luden sie für den Tag darauf zum Abendessen ein. Ciaccia Oppi würde auch dasein, der sie eine tiefe Sympathie eingeflößt habe. Ivana sagte, sie finde sie vielleicht nett, aber vollkommen schwachsinnig. Ninetta sagte, Ciaccia Oppi mache den Eindruck, dumm zu sein, aber sie sei es nicht, sie war hochgebildet, las sehr viel und wußte unendlich viel. So nahmen an diesem Abendessen Ciaccia Oppi, ihr Mann, ein Facharzt für Stoffwechselkrankheiten, ein Architektenehepaar und eine kleine Schwester von Ninetta teil, die man eigens hatte kommen lassen, um Angelica zu unterhalten, die aber im letzten Augenblick erklärt hatte, sie wolle lieber zu Hause bleiben. Ivana gefiel die Wohnung in der Via Barnaba Oriani ganz und gar nicht, und sie äußerte das auch, da sie vor einiger Zeit beschlossen hatte, sie wolle in Zukunft auch nicht die kleinste Lüge aussprechen. Im Wohnzimmer hingen rote Vorhänge, weil Ninetta und Carmine für diese Farbe schwärmten. Rot war auch das Sofa und rot die Teppiche, rot das Tischtuch und rot die Jacke des Dieners, der bei Tisch servierte. Ivana sagte, es komme ihr vor, als befinde sie sich in der letzten Szene von »Rosemary's Baby«, in der es nichts mehr gibt, das nicht rot von Blut ist. Neben dem Sofa stand eine Lampe aus haarigem weißem Papier, die – sagte Ivana – einer Seidenraupe glich. Neben dem Tisch hing eine Lampe aus opakem weißem Papier, die sehr lang von der Decke herabbaumelte und, so sagte Ivana, wie ein Präservativ aussah. Die beiden Vergleiche fanden keine Zustimmung, niemand lächelte, es gab nur Ninettas starres, strahlendes Lächeln. Gleich nach dem Abendessen ging die kleine Schwester fort und mit ihr zusammen der Diener, da er der Mutter gehörte, die im Stockwerk darunter wohnte, und als sie gegangen waren, sagte Carmine, er hoffe, sie hätten das Wort »Präservativ« nicht gehört und würden es nicht im unteren Stockwerk erwähnen. Im unteren Stockwerk war man sehr heikel mit den Wörtern, die benutzt werden durften. Sehr heikel war Evelina. Wenn sie ihren Diener auslieh, tat sie das nicht ohne tausend Ermahnungen, ihn nicht zu ermüden, ihn nicht zu verwöhnen, ihm weder zu viel noch zu wenig zu essen zu geben, in seiner Gegenwart keine skandalösen Wörter zu gebrauchen und keine ausgefallenen Bemerkungen zu machen. Die ausgefallenen Bemerkungen waren ihrer Meinung nach insofern schädlich für das Ohr der Diener, weil sie dadurch falsche Vorstellungen bekamen, die sie veranlaßten, sich in der Küche vor Hohngelächter auszuschütten. Evelina. Hör auf, Evelina zu sagen, mischte sich Ninetta ein, du hast eine Art, den Namen meiner Mutter so spöttisch auszusprechen, die mir nicht gefällt. Ihr Lächeln war immer noch starr und strahlend, aber ihre Stimme klang scharf. Schließlich kam es zur Diskussion über ein politisches Thema zwischen Ivana und dem Architektenehepaar, und Ivana behauptete, sie seien Reaktionäre. Ciaccia Oppis Mann gab Ivana recht, und da sie ihn für einen vollkommenen Trottel hielt, irritierte sie das. Schlagartig verbündete sie sich mit den Architekten. Am Ende dieses Abends war Carmine sehr müde, und alle waren ihm unsympathisch, das Architektenehepaar, die beiden Oppi, Ninetta und Ivana, Ivana, die, wenn Ninetta etwas zu äußern wagte, sie in abweisendem Ton anfuhr, und Ninetta, weil sie die Stirn runzelte und tat, als höre sie angestrengt zu, während sie in Wirklichkeit, dessen war er sicher, an bloße Kleinigkeiten und Nebensächlichkeiten dachte, was sich aus dem Risotto, der übriggeblieben war, noch machen lasse, und ob es wohl möglich sei, den Zucchini-Auflauf noch zu retten, der schlecht geraten war und von dem niemand viel gegessen hatte, ob es möglich war, ihn wieder herzurichten und ihn am nächsten Tag bestimmten Verwandten vorzusetzen, die kommen sollten und nicht sehr anspruchsvoll waren. Als alle zum Aufbruch bereit waren, diskutierten die Architekten und Ivana immer noch mit so lauter Stimme, daß die Gefahr bestand, Dodò könne aufwachen. Als sie schließlich gingen, hörte man Ivanas laute Stimme noch unten auf der Straße widerhallen, und Ninetta sagte »Mein Gott, was für eine Stimme«, während sie unter der Seidenraupe saß und in ihr Notizbuch schrieb, was es zu essen gegeben hatte und wer da war, wie sie es immer tat, um denselben Personen nicht zweimal die gleichen Gerichte vorzusetzen. Als sie aber geschrieben hatte, »Zucchini-Auflauf« überfiel sie eine tiefe Melancholie, und sie sagte zu Carmine, er solle ihr diese scheußlichen Überreste schleunigst aus den Augen schaffen, und während er abdeckte, schlug sie das Notizbuch zu und warf es auf den Teppich. In dem Spiegel gegenüber dem Sofa betrachtete sie ihr Gesicht, das sie immer mit dem lebhaftesten Interesse betrachtete, berührte ihre Wangen und ihre Stirn und zerzauste ihren weichen schwarzen Pony. Dann begannen Carmine und sie ohne wirklichen Grund zu streiten, weil das Mineralwasser ausgegangen war, weil die Heizkörper kaum lauwarm waren, weil Dodò aufgewacht war und den Stoffaffen haben wollte, mit dem er zu schlafen pflegte und der nur unter Schwierigkeiten zu finden war. Schließlich warf sie sich in Tränen aufs Bett, sagte zu Carmine, er habe sich den ganzen Abend abscheulich ihr gegenüber benommen, habe sie dauernd so angesehen, als sei sie nicht seine Frau, sondern eine fremde Gans, und abscheulich seien die Architekten, Ciaccia Oppi habe sich sicher zu Tode gelangweilt, alles sei langweilig und alles abscheulich. Über Ivana sagte sie kein Wort. Aber in ihr Notizbuch hatte sie geschrieben, sie wolle Ivana nie mehr zum Abendessen einladen, weil sie sie wie eine armselige Gans behandelte. Sie fror und kuschelte sich unter lautem Schluchzen in die Steppdecke. Carmine beugte sich über das Kissen, um den schwarzen Pony zu trösten.

Am Tag darauf sagte Ninetta zu Carmine, Ivana habe, wie alle wüßten, viele Männer und wechsele sie ununterbrochen. Sie hatte zum Beispiel Matteo Tramonti, einen zwanzigjährigen Gitarrespieler. Ciaccia Oppi hatte Freunde, die oft ein kleines Theater in der Gegend des Piazzale Flaminio besuchten, wo Matteo Tramonti spielte und sang. Ein anderer Mann von Ivana war Amos Elia, ein Arzt. Er lebte in einem Dorf in der Nähe von Todi, das Dorf hieß Fontechiusa, und Ivana besuchte ihn dort häufig, aber manchmal mußte sie stundenlang in einer Bar an der Piazza von Todi warten, weil er viele Patienten hatte und viel zu tun und sie ihm außerdem ziemlich gleichgültig war. Auch das hatte Ciaccia Oppi erzählt. Sie hatte in Todi eine Kusine. Carmine sagte, Ivana habe tatsächlich mit dem Arzt namens Amos Elia ein Verhältnis, das schon einige Jahre dauerte und sie überhaupt nicht glücklich machte, da er ihr gegenüber tatsächlich aus angeborener Bitterkeit und seines geringen Interesses am Leben wegen gleichgültig war. Ninetta äußerte, Ivana habe eine unschöne lange Nase, einen Teint ohne Frische und trage immer gräßliche Kleider. Carmine gab zu, daß das am Ende wahr sei. Andere Männer habe Ivana nicht, fuhr er fort, und Amos Elia sei der einzige. Sie sah ihn selten, weil er sie manchmal nicht sehen wollte, weil er schwere Krisen der Verdüsterung hatte, die monatelang dauerten. Was Matteo Tramonti anging, so beherbergte sie ihn manchmal bei sich, weil Matteo Tramonti ein ziemlich gespanntes und kompliziertes Verhältnis zu seiner Mutter hatte, einer großen, dicken, hinkenden Rechtsanwältin mit weißem Haar, die eine tiefe kehlige Stimme hatte und v anstatt r sagte. Matteo Tramonti war homosexuell. Er war ein untersetzter kräftiger Achtzehnjähriger mit einem kurzen, dünnen und schütteren Bart. Auch er hatte eine kehlige Stimme und sagte v anstatt r. Er wohnte bei seiner Mutter in einer Wohnung an der Piazza Adriana oder in einer Kommune an der Via Boschetto, und wenn er sowohl die Mutter wie die Kommune leid war, landete er bei Ivana. Er schlief auf einer Pritsche in einer Rumpelkammer am Ende des Ganges, und man hörte ihn lange durch die Wohnung schlurfen. Angelica rief ihm »du vevdammter Idiot« zu, weil sie von diesem nervösen Geschlurfe im Schlaf gestört wurde, und er rief »vevdammte Vipev« zurück und sagte am Morgen: »Deine Tochtev ist eine Vipev, weil sie mich dauevnd beschimpft.« Wenn er mit Angelica seinen Milchkaffee in der Küche trank, pflegte er sie auszuschelten, weil, wenn er ihr Haar am Nacken ein bißchen anhob, ein etwas schmutziger Hals zum Vorschein kam. Dann sagte er: »Wenn ein Mädchen schmutzig ist, muß man ihv sofovt aus dem Wege gehen.« Schlagfertig antwortete Angelica, da er schwul sei, verstehe er nichts von Mädchen. Im übrigen wasche auch er sich nicht. Daraufhin erklärte er, er sei aber von Natur außerordentlich sauber, weil sein Körper von Natur weder rieche noch schwitze. Inzwischen rief seine Mutter, die dicke Rechtsanwältin an, um sich zu erkundigen, »wie sie die Stimmung ihves Sohnes gefunden hätten«, und Ivana, die noch im Nachthemd im Sessel kauerte, hörte, wie diese langsame, kehlige Stimme im Telefonkabel lange zurückliegende Episoden aus der Kindheit und der Zeit des Heranwachsens ihres Sohnes durchging. Ivana hatte gewöhnlich nicht viel Geduld mit den Leuten, doch Signora Tramonti gegenüber war sie aus wer weiß welchem Grund sehr geduldig. Vielleicht hatte sie soviel Geduld mit ihr, weil sie Matteo Tramonti durch Amos Elia kennengelernt hatte und das in ihren Augen den Jungen und sogar die Rechtsanwältin mit einem besonderen Glorienschein umgab. Ninetta zuckte mit den Schultern und sagte, sie sei aller dieser Geschichten von den Tramonti, ihrem Verschwinden und Wiederauftauchen überdrüssig und Ivanas Welt flöße ihr nicht die geringste Neugierde ein.

Von Amos Elia kannte Carmine einen Pullover und einen Schal, die in der Via Vantaggio auf der Truhe lagen, der Pullover aus grauer Wolle mit einem gestrickten Zopfmuster, der Schal aus blaßlila Kunstfaser. Pullover und Schal hatte Amos Elia Ivana beim letzten Mal geliehen, als sie an einem sehr windigen Tag bei ihm in Fontechiusa gewesen war und er sie nicht warm genug angezogen gefunden hatte. Ivana hatte gesagt, sie werde sie ihm bald zurückbringen, wenn sie ihn wieder besuche, aber sie wußte nicht, wann das sein werde, denn er hatte ihr am Telefon gesagt, jetzt nicht, jetzt wolle er sie nicht wiedersehen, er sei zu deprimiert. Von Amos Elia sprach Ivana selten und wenig, sie hatten sich in einem Sommer kennengelernt, als sie mit Angelica, die noch klein war, in Todi Sommerferien machte, er lebte allein, war arm, behandelte die Leute und ließ sich dafür wenig bezahlen, liebte die Musik, gab das wenige Geld, das er hatte, für Schallplatten aus, besaß ein Haus, das er von den Seinen geerbt hatte und das groß, leer und schmutzig war, und hatte einen Hund. Matteo Tramonti sagte zu Carmine, Amos Elia sei »schvecklich, schvecklich«, und es sei manchmal vorgekommen, daß er Ivana anrief, er wolle sie sofort sehen, sie habe sich in ihr Auto gestürzt, sei morgens noch im Dunklen losgefahren und habe dann in der Bar in Todi den ganzen Tag auf ihn gewartet, wenn er dann schließlich erschienen war, habe er ihr gesagt, er könne nur eine Viertelstunde mit ihr zusammensein. Er nahm sie nicht immer mit sich nach Hause, weil er manchmal seinen Bruder und seine Schwägerin zu Besuch hatte, Menschen, denen er Ivana verheimlichte, da er der Ansicht war, sie würden einander ganz und gar nicht sympathisch sein. Er sei sehr intelligent, meinte Matteo Tramonti, aber »seltsam und schvecklich«. Gelegentlich hatten er und Ivana sich seit Monaten nicht gesehen, dann kam er mit seinem müden Schritt in die Bar, reichte ihr zwei Finger, rieb sich die Augen und gähnte. Er war ein großer Gähner. Manchmal war alles, was er ihr, sich die Augen reibend und gähnend, zu sagen hatte: »Ich freue mich, dich zu sehen.« »Vevstanden? ›Ich fveue mich, dich zu sehen‹«, wiederholte Matteo Tramonti, »und dann vielleicht noch: ›Liebev Himmel, was hast du füv ein scheußliches Mäntelchen an, es sieht aus, als habe man dich aus dem Fluß gefischt.‹« Er seinerseits trug einen Mantel, der aussah, als diene er seinem Hund als Lager, und vielleicht tat er das wirklich. »Offenbar ist er sie leid geworden«, meinte Carmine. »Ach was. Nein. Ev hängt auf seine Avt sehv an ihv. Manchmal ist ev vevzweifelt und läßt sie kommen. Es macht ihm Spaß, sie kommen zu lassen und dann so zu tun, als sei sie ihm scheißegal. Sie leidet davuntev, das avme Ding.« Carmine und Matteo Tramonti waren Freunde geworden, und wenn sie Ivanas Wohnung verließen, bummelten sie zusammen den Lungotevere entlang oder gingen bei Canova einen Capuccino trinken. Einmal trafen sie bei Canova Ninetta zusammen mit Ciaccia Oppi, einer Gruppe von Malern und anderen Leuten. Matteo Tramonti machte sich sofort aus dem Staub, nachdem er Carmine zugeflüstert hatte, er kenne die Frau im Schafspelz vom

Sehen und könne sie nicht ertragen. Die Frau im Schafspelz war Ciaccia Oppi, die an diesem Abend einen lockigen zerzausten Pelz trug.
Einige Zeit später an einem Abend gegen Ende des Winters läutete um Mitternacht, als Carmine und Ninetta schon schliefen, das Telefon. Carmine nahm den Hörer auf. Es war Matteo Tramonti. Es sei ein Unglück geschehen, sagte er, Amos Elia sei tot, er hatte sich das Leben genommen. Mit Luminal. Ihm fehle der Mut, zu Ivana zu gehen und ihr das mitzuteilen, er bat Carmine, mit ihm zu Ivana zu gehen. Carmine sagte zu Ninetta: »Amos Elia ist gestorben« und fing an, sich geschwind anzuziehen, und Ninetta lief barfuß in ihrem kurzen grünen hauchdünnen Nachthemd durchs Zimmer hinter ihm her. »Amos Elia, wer ist denn Amos Elia?« fragte sie. Carmine antwortete eilig, er sei ein Freund von Ivana gewesen, ein Arzt, auch ein Freund von Matteo Tramonti, aber ob es denn möglich sei, daß sie sich nicht mehr daran erinnerte, wer er war, sie hätten doch so oft über ihn gesprochen, aber jetzt müsse er eilends fort. Er nehme den großen Wagen, sagte er ihr, denn vielleicht müßten sie alle nach Todi fahren, aber den großen Wagen, entgegnete Ninetta, brauchten am nächsten Tag ihre Mutter, Onkel Mimmo und Tante Pina, die nach Lucca fahren müßten. »Das ist mir egal«, erwiderte er, »ich nehme ihn trotzdem.« Ninetta nickte zustimmend, sie saß jetzt auf

dem kleinen Sofa in der Diele und rieb sich die langen nackten Beine. »Wer alles?« frage sie »Wer fährt alles nach Todi?« Er knöpfte seinen Regenmantel zu, und als er im Aufzug hinunterfuhr, dachte er an sie, wie sie in ihrem kurzen Hemd dort oben saß, mit den Brüsten, die groß, weiß und zart aus dem Tüll hervorquollen, und mit dem unbeweglichen Pony und den erstaunten Augen, während sie immer wieder fragte: Wer alles.

Matteo Tramonti erwartete ihn auf der Piazza del Popolo und hatte einen Freund bei sich, einen Blondschopf namens Giuliano Grimaglia, den Carmine schon früher mit ihm zusammen gesehen hatte. Matteo Tramonti berichtete, er habe an diesem Abend bei seiner Mutter geschlafen, und ein Junge aus Todi habe ihn angerufen, den er gut kenne und der bei einer Tankstelle arbeite, einer, den Amos Elia wegen einer Nierenentzündung behandelt habe. Er habe am Telefon geschluchzt, und Matteo Tramonti habe anfangs nicht begriffen, was geschehen war. »Als ich es begviff, wav ich sehv betvoffen. Davan hatte ich nicht gedacht. Ev hat immev davon gevedet, abev ich habe nicht damit gevechnet. Mit Luminal. Ich habe ihn vov einem Monat gesehen, ev wav nach Vom gekommen. Ev hat Ivana nicht sehen wollen. Ev sagte miv, ich solle ihv nicht sagen, daß ev gekommen sei. Ev sagte: ›Nein, die aus dem Fluß Gefischte möchte ich nicht sehen, diesmal fühle ich mich einfach nicht danach.‹ Ev wav sehv intelligent. Ein außevovdentlichev Mensch. Ev behandelte die Leute, wollte, daß sie lebten, und doch haßte ev die Leute und haßte das Leben. Ev wav so seltsam. So widevspvüchlich. Abev es ist entsetzlich, ganz entsetzlich.« Ivana habe es schon erfahren, sagte er, er hatte sie angerufen, sie erwartete sie. Der Blondschopf trollte sich. Bei Ivana trafen sie ihre Wohnungsnachbarin an, Isa Meli, eine schmächtige Frau, der die schwarzen Haare aufgelöst auf die Schultern fielen. Sie lebte mit drei Kindern in der Wohnung nebenan. Sie war von ihrem Mann getrennt. Sie unterrichtete in der Mittelstufe. Sie trafen sie zusammen mit Angelica und zwei Mädchen in Angelicas Alter beim Geschirrspülen an. So konnte Ivana, sagte sie, fortfahren, ohne an das Geschirr zu denken. Isa Melis kleinstes Kind, Daniele, hatten sie auf das Sofa im Wohnzimmer schlafen gelegt. Isa Meli erzählte, sie hätten am Abend hier bei Ivana zusammen gegessen und plötzlich sei ein Anruf aus Todi gekommen, es war die Schwester des Besitzers der Bar, in der Ivana immer wartete. So hatte Ivana von dem Unglück erfahren. Ivana saß schon im Mantel in einer Küchenecke, und als Carmine und Matteo Tramonti sich zu ihr hinabbeugten, um sie zu umarmen, nickte sie zustimmend mit dem Kopf.

Gegen Morgen waren sie in Fontechiusa. Das Dörfchen bestand aus wenigen Häusern am Steilhang eines Hügels. Amos Elias Haus schaute auf die Piazza und hatte einen langen Balkon mit verrostetem Geländer, an dem sich eine vertrocknete Glyzinie entlangrankte. Daneben standen Häuser, die kürzlich kirschrot und aprikosenfarben gestrichen worden waren. Amos Elias Haus dagegen war von einem verblichenen Rosa. Man betrat einen langen, dunklen Gang mit Ziegelboden, und an seinem Ende war das Zimmer, wo er in einer zweireihigen Jacke mit einer breiten roten Krawatte lag. Die Jacke strömte Kamphergeruch aus. Er war klein, mit einer grauen Bürstenfrisur, einem kurzen stacheligen Bart und einem kleinen, schmalen, strengen Mund. Das Zimmer war voll Menschen. Manche Frauen weinten, andere beteten. Carmine war ein Bauernkind gewesen, und die Leute in diesem Zimmer wirkten auf ihn recht vertraut, die Frauen mit ihren schwarzen Kopftüchern und all diese ausgemergelten, von der Sonne gedörrten und von dichten, feinen Runzeln durchzogenen Gesichter. Auch der Boden mit seinen erdigen, rissigen Ziegeln, das Kohlenbecken und der Geruch von Schimmel und Asche waren ihm vertraut. Bis zu seinem zwölften Lebensjahr hatte er in einem ähnlichen Haus wie diesem gelebt, später hatten ihn Verwandte fortgeholt, in ein Internat gesteckt, studieren lassen. Seine Eltern lebten noch heute in Zimmern, die diesem recht ähnlich

sahen, und obgleich er ihnen Geld schickte, nahmen sie keine großen Veränderungen vor.
Im Zimmer stand zwischen den nackten Wänden nur das Bett, aber in der Küche, in die sie dann gingen, sah es ganz anders aus, sie hatte nichts gemeinsam mit den Bauernküchen, überall lagen und standen Stöße von medizinischen Zeitschriften, Atlanten, Zeitungen, leere staubige Flaschen, alte Wollsachen und Lebensmittel in Dosen herum. Carmine wurden der Bruder und die Schwägerin von Amos Elia vorgestellt, der Bruder war klein von Wuchs, unordentlich gekleidet und schmächtig, die Schwägerin hatte einen großen Kopf voll blonder Locken und ein Puppengesicht. Der Bruder hieß Armandino und die Schwägerin Ornella. Der Bruder hatte ein Geschäft für elektrische Haushaltsgeräte in Viterbo. Matteo Tramonti flüsterte Carmine zu, er gehe mit Ivana auf die Piazza hinaus, weil Ivana die beiden nicht leiden konnte. Carmine dagegen blieb zwischen Ornella und Armandino eingezwängt. Sie hielten ihn für einen alten Freund von Amos, und er fand es kompliziert zu erklären, daß er ihn nie gesehen hatte. Sie wollten, daß er mit ihnen zusammen eine Tasse Kaffee trinke. Amos hatte, so sagten sie, zwei Briefe hinterlassen. In dem einen stand: Der Hund verträgt keinen Ortswechsel. Gebt ihn dem Bürgermeister. In dem anderen hieß es: Meine Frau muß verständigt werden. Ich vermute, daß sie

in sehr schlechten wirtschaftlichen Verhältnissen lebt. Schickt ihr das Geld, sobald das Haus verkauft ist. Sie heißt Irene Kramer und lebt in West-Berlin. Sie hat die Adresse gewechselt, und ich kenne die neue nicht. Natürlich könnte sie auch verstorben sein. Von dieser Frau von Amos wußte Armandino nur sehr wenig. Sie war halb Belgierin, halb Russin. Und auch Halbjüdin. Sie war alles halb. Er hatte sie nur einmal vor vielen Jahren in Viterbo gesehen. Sie konnte kein Italienisch und hatte eine matte Stimme. Amos sprach mit ihr ein selbstfabriziertes Französisch. Sie hatten nur wenige Monate zusammen gelebt. In einem Schrank im Gang hing noch ein Mantel von ihr. Armandino fragte sich, wie man sie ausfindig machen und in Erfahrung bringen solle, ob sie lebte oder tot war. Ja, mit Hilfe des Konsulats, gewiß, aber er kannte niemanden im Konsulat. Carmine meinte, daß Evelina vielleicht in Konsulaten und Botschaften Bekannte hätte. Er versprach, sich darum zu kümmern, und gab Armandino seine Telefonnummer. Während sie durch den Gang hinausgingen, wollte Ornella ihm den Mantel zeigen. Er hing in dem Schrank, in dem nichts anderes hing, sondern nur Stapel von Decken und noch mehr Zeitungen lagen. Es war ein schwarzer Mantel mit breitem Astrachankragen fast ohne Haare. Es war ein Mantel für eine, die man »aus dem Fluß gefischt« hat.

Dann gab es noch etwas, was ihm Sorgen bereite, erklärte Armandino, der Bürgermeister wolle den Hund nicht haben. Man mußte ihn jemandem anderen geben, aber in dem Brief hieß es »Der Hund verträgt keinen Ortswechsel«, deshalb war es nicht geraten, ihn nach Viterbo mitzunehmen. Der Hund war hinter dem Haus, und sie wollten, daß er ihn anschaute. Hinter dem Haus standen ein Baum und ein Müllkasten. Der Hund war an den Baum gebunden. Es war ein alter, magerer Hund mit langen Ohren, die auf sein trauriges Gesicht herabhingen. Armandino sagte, er heiße Sheriff.

Armandino und Ornella klebten an Carmine und folgten ihm zum Tabakhändler auf der Piazza, wohin er gehen wollte, um sie loszuwerden. Beim Tabakhändler war auch die Bar, wo Matteo Tramonti und Ivana einen Cappuccino tranken. Armandino sagte, auf dem Land gebe es ein vorzügliches Gasthaus mit ausgezeichnetem Wein und lud alle zum Essen ein. Ivana antwortete, ihr genüge der Capuccino. Nur mühsam wurden sie die beiden los, Ivana, indem sie eiligen Schrittes mit den Händen in den Manteltaschen auf das Auto zuging, Carmine und Matteo, indem sie bald wiederzukommen versprachen.

Sie verbrachten den ganzen Nachmittag damit, zu Fuß über Land zu gehen. Carmine hatte dabei den Arm um Ivanas Schultern gelegt. Sie schwieg. Weinte nicht. Er erinnerte sich daran, daß sie nicht

einmal geweint hatte, als das kleine Mädchen gestorben war. Er sah ihr blasses Profil, ihre lange, spitze und schmale Nase, die dunklen Haare, die oben auf dem Kopf zusammengezwirbelt waren, den abgenutzten, schäbigen Mantel einer Frau, die man »aus dem Fluß gefischt« hat. Alle drei schwiegen. Er dachte, daß die beiden, Ivana und Matteo Tramonti, die zwei Menschen waren, mit denen zusammen er sich auf der Welt am wohlsten fühlte. Mit ihnen zusammenzusein war einfach. Wenn er mit allen anderen zusammenwar, mit Ninetta, mit Ninettas verschiedenen Bekannten, mit Ninettas verschiedenen Verwandten und auch mit den Architekten, die mit ihm im Büro zusammenarbeiteten, fühlte er sich gezwungen, sich in verkrampfter Stellung zusammenzukauern und kam sich zugleich dumm und hinterlistig vor.
Als sie sich dann auf eine Wiese gesetzt hatten, um sich auszuruhen, begannen Ivana und Matteo Tramonti plötzlich fröhlich, und als ob er noch lebte, von Amos Elia zu sprechen. Wenn er sang. Wenn er Minestrone kochte. Wenn er von seinen seltsamen, langen und von Tieren bevölkerten Träumen erzählte. Wenn er seinen guten dunkelblauen Zweireiher und eine seidene Krawatte anzog, um zum Abendessen zum Bürgermeister zu gehen. Wenn er Motorrad fuhr und ängstlich und vorsichtig über die ländlichen Maultierpfade holperte. In den letzten Jahren hatte er aufgehört,

das Motorrad zu benutzen, das ein Bauer für ihn verwahrte. Er suchte es manchmal auf, wie man ein Tier oder ein Kind, das in fremder Obhut ist, besucht. Manchmal sprach er von der Frau, die er gehabt hatte, im Krieg geheiratet, eine Halbjüdin und Fremde. Er hatte sie geheiratet, um ihre Situation der Polizei gegenüber zu verbessern, und nur deshalb. Für kurze Zeit, für Wochen oder Monate, hatte er sich gleichwohl ein Kind von ihr gewünscht. Doch bald war ihm das als irrer Gedanke erschienen. Außerdem hatte sie eine Gebärmutterknickung. Bald hatte er bemerkt, daß er sie nicht ertragen konnte, sie sei so langweilig, sagte er, trotzdem hatte er immer ein paar Sächelchen von ihr aufgehoben, eine kleine Elfenbeinschildkröte, ein ausgefranstes Nécessaire und den Mantel. Er erinnerte sich an ihre langsamen, gehemmten Bewegungen, weil sie, wie er sagte, blutarm war und einen zu niedrigen Blutdruck hatte. Nach dem Krieg hatten sie sich getrennt. Sie war nur einmal nach Fontechiusa gekommen, um ihn zu besuchen, und sie hatten sich aus politischen Gründen schrecklich gestritten, denn sie war gegen Stalin und er auch, aber von einem anderen Gesichtspunkt aus, und dann wegen eines Wollhemds, das sie in der Küche vergessen hatte und das er aus Zerstreutheit benutzte, um sein Motorrad damit zu putzen. Sie war an diesem Tag voll Empörung abgereist, einer glühenden, obgleich

matten Empörung, mit roten Flecken auf ihrem bleichen Gesicht, und er hatte sie zutiefst erleichtert zum Autobus gebracht, hatte ihr ein Päckchen mit nahrhaften Dingen für die Reise auf die Knie gelegt, und sie hatte unterdessen immer wieder gesagt, er behandele ihre Sachen wie Putzlumpen. Darüber hatte sie den Mantel vergessen und hatte ihm dann geschrieben, er solle ihn ihr nicht nachschicken, er sei doch nicht fähig, Postpakete zu machen, und auch nicht fähig, Lebensmittel zu kaufen, denn in dem Päckchen sei Käse enthalten gewesen, der wie Seife schmeckte. Später war sie verschwunden, und er hatte ihre Spur verloren. Sie war eine Frau, die nicht viel taugte, sagte er, und außerdem lebe er gern allein. Er hing sehr an seinem Bruder und ertrug auch die Schwägerin, die er aber wegen ihrer blonden Locken und ihrer Pantöffelchen neckte, und wenn er sah, daß sie ein Schürzchen umband und sich anschickte, ihm das Haus zu putzen, wurde er wütend. Er wollte nicht, daß ihm jemand das Haus putzte. Gegen Abend fing es an, stark zu regnen, und sie waren klatschnaß bis auf die Knochen, als sie nach Todi ins Hotel kamen, wo sie sich Zimmer genommen hatten. Sie aßen im Restaurant des Hotels, dann blieben sie lange in der Halle, tranken Grappa und trockneten ihre Sachen an einem Holzofen.
Am nächsten Tag nach der Beerdigung brachen sie auf. Carmine sagte, er wolle die Hotelrechnung

zahlen, für Ivana, weil sie arm, und für Matteo Tramonti, weil er noch ein Junge war. Ivana protestierte ein bißchen, bemerkte, sie sei doch gar nicht so arm, sie habe Eltern, die ihr, sooft sie es brauchte, Geld gaben, Matteo Tramonti protestierte nicht. Sie waren eine halbe Stunde unterwegs, als Ivana erklärte, sie möchte umkehren, um den Hund zu holen. Der Gedanke an den Hund in dem trübseligen Hof lasse ihr keine Ruhe. »Ich meine, du hast Vecht«, stimmte ihr Matteo Tramonti zu. »Was soll es heißen, ein Hund vevtvage den Ovtswechsel nicht. Weshalb denn? Das gehövt zu dem Schwachsinn, mit dem ev hin und wiedev hevausvückte.« Sie kehrten um. In der Küche von Amos Elias Haus blätterten Armandino und Ornella in Atlanten, Zeitschriften und Zeitungen. Carmine ging allein hinein. Er sagte, Signora Riviera wünsche den Hund mitzunehmen. Ihre Tochter Angelica liebte Hunde leidenschaftlich. Das war eine Lüge, denn Angelica konnte Hunde nicht ausstehen. Armandino war sprachlos. Dann wollte er auf der Sache mit dem Bürgermeister bestehen. Doch Ornella sagte, im Grunde müßte der Wille des Toten richtig gedeutet werden. Amos habe gewollt, daß der Hund glücklich sei. Was gebe es denn Schöneres für einen Hund als von einem kleinen Mädchen geliebt zu werden. Der Hund war noch immer am Baum festgebunden. Er wurde in den Wagen gebracht und Matteo Tramonti in die Arme gelegt. Ornella und Armandino sahen klein und reglos zu, wie sie abfuhren, er mager und verkrümmt, sie kerzengerade, vollbusig und pausbackig. Matteo Tramonti sagte, sie sähen aus, als seien sie einem Kindermärchen entstiegen. Armandino und Ornella, er herzensgut und sie wunderschön. Der Hund bellte und hörte auf der ganzen Fahrt nicht damit auf. Ivana sagte, er beklage vielleicht das Unglück, in die Stadt mitgenommen zu werden. »O nein«, erwiderte Matteo Tramonti, »nuv keine neuen Übevlegungen, bitte.«

Nach Hause kam Carmine erst am späten Nachmittag. Es war Sonntag. Ninetta trug an diesem Tag einen neuen roten Pullover, Dodò spielte mit seinen kleinen Autos auf dem Teppich, Evelina hatte einen Topfkuchen heraufgebracht, sie tranken Tee und Ciaccia Oppi stickte auf Ninettas Bitte einen großen Halbmond auf ein Magierkostüm, das Dodò in einigen Tagen bei einem Maskenfest in einer Villa von Ciaccia Oppis Mutter in Velletri tragen sollte. Den Raum beherrschte Evelinas großer Kopf mit dem duftigen blauen Haar, ihre hohe, imponierende, blühende Gestalt und ihr Lächeln, das dem von Ninetta glich und ebenfalls wie ein Juwel dargeboten wurde, aber gleichzeitig von der Befriedigung erfüllt war, daß sie im Alter so groß, aufrecht und üppig war. Sie saß da wie ein Denkmal des eleganten, weisen

Alters von umsichtiger Wohlhabenheit und Gesundheit. Carmine spürte, daß er sie haßte. Mit ihr zusammen haßte er auch die anderen beiden. Er fand es schrecklich, daß sogar Dodò in diesen Haß eingeschlossen war. Er haßte alle Personen in diesem Zimmer und das Zimmer selbst. Er sagte, er wolle mit Dodò spazieren gehen. Sie rieten ihm davon ab. Dodò sollte gerade seinen Grießbrei essen und mußte dann das Magierkostüm anprobieren. »Du siehst nicht traurig aus, obgleich du von einer Beerdigung kommst«, bemerkte Evelina. »Du siehst gereizt, aber nicht traurig aus. Man könnte meinen, du wärest auf jemanden böse.« »Ich bin müde.« »Aber du siehst auch nicht müde aus, im Gegenteil. Dein Gesicht hat Farbe, sonst bist du viel blasser.« »Ich liebe das Land. Ich bin auf dem Land geboren. Dort, wo wir gewesen sind, war es schön.« »Ihr – denn ihr wart ja zu vielen, tatsächlich hast du dazu den großen Wagen genommen. So haben Pina, Mimmo und ich darauf verzichten müssen, nach Lucca zu fahren, aber das macht nichts, es war nicht so wichtig. Den Minimorris haben wir nicht genommen, er ist nicht gut imstand. Es tut mir leid wegen Mimmo, weil er sich so sehr auf den Ausflug gefreut hatte.« »Es tut mir ebenfalls leid. Ich bitte um Entschuldigung«, sagte Carmine. »Ivana Riviera war dabei, versteht sich, denn der Tote war ja ihr Freund, und wer war sonst noch dabei?« »Ach, Matteo Tramonti, der Sohn der Rechtsanwältin Tramonti. Ein Junge, der, wie es heißt, besondere Neigungen hat.« »Ein Schwuler«, mischte sich Ciaccia Oppi ein. »Ja, ihr Ärmsten, ein Schwuler«. »Es war ein schöner Platz«, fuhr Carmine fort. »Mir hätte es gefallen, auf dem Land zu leben und vielleicht sogar Arzt zu sein wie Amos Elia.« »Er hat dort so gern gelebt, daß er sich umgebracht hat«, warf Ninetta ein. »Er war ein schwerer Neurotiker«, erklärte Ciaccia Oppi. »Das hat mir meine Kusine erzählt. Meine Kusine stammt aus der Gegend. Er war allein und hatte niemanden. Oder vielleicht doch, einen Bruder.« »Seine Frau müßte man mit Hilfe von Konsulaten und Botschaften in Berlin ausfindig machen, wenn ihr da vielleicht jemanden kennt.« »Er hatte keine Frau«. »Doch er hatte eine.« »Zum Begräbnis von Oreste Padùla bist du nicht gekommen, obgleich du doch so oft zum Essen bei ihm warst, dafür stürzst du zur Beerdigung dieses Arztes, dem du nie ins Gesicht gesehen hast«, sagte Ninetta. »Wer ist denn Oreste Padùla?« fragte Ciaccia Oppi. »Ein Verwandter von uns, der vor ein paar Tagen an einer Thrombose gestorben ist«, antwortete Ninetta. »Du hast so viele Verwandte«, entgegnete Carmine, »daß ich nicht hinter jedem einzelnen hersein kann.« »Auch du hast in Vinchiaturo und L'Aquila einen ganzen Ameisenhaufen von Verwandten«, wandte Ninetta ein, »und ich bin freundlich zu allen. Ich schreibe ihnen Ansichtskarten. Ich lade sie ein, wenn sie hierherkommen. Und dabei sind sie doch wirklich nicht besonders unterhaltend.« »Amos Elia hatte keine Frau«, wiederholte Ciaccia Oppi. »Doch, er hatte eine. Man muß sie suchen.« Evelina schüttelte verneinend langsam ihren blauen Kopf. »Ich kenne keine Botschafter in Berlin«, erklärte sie. »Das wäre ja noch schöner, wenn wir jetzt auch noch der Frau von Amos Elia nachlaufen sollten«, sagte Ninetta.

Am Abend nach dem Essen rief Matteo Tramonti Carmine an und sagte, Ivana sei sehr runter und vielleicht würde es sie freuen, wenn er einen Augenblick käme. Ivana lag auf ihrem Bett. Fröstelnd, in das Plumeau gewickelt, mit Ringen unter den Augen und offen auf den Hals herabhängendem Haar las sie die Briefe von Amos Elia wieder, wenige, wie sie sagte, und kurze. Er hatte keine Geduld. Diese wenigen kurzen Briefe hatte er ihr in den ersten Jahren ihrer Bekanntschaft geschrieben, als er glaubte, daß sie für ihn von Bedeutung sei, später war sie ihm nicht mehr sehr wichtig gewesen, sie langweilte ihn. Matteo Tramonti sagte, das sei nicht wahr. Sie widersprach, es sei doch wahr, so sei es gewesen, und es nütze ihr nichts, so zu tun, als sei es nicht so gewesen. Carmine hielt ihre Hände und streichelte sie, es waren magre, blasse, nervöse Hände, und er kannte sie seit langer Zeit. Isa Meli sagte, sie sei grausam sich selbst gegenüber und sei es immer gewesen. Sie liebe es, sich mit jedem Gedanken zu verletzen und zu quälen. Isa Meli saß neben Ivanas Bett und strickte, Matteo Tramonti spielte mit Angelica Schach, Daniele, Isa Melis Sohn, schaute dabei zu und erteilte Ratschläge, denn obgleich er noch sehr klein war, war er ein ausgezeichneter Schachspieler. Der Hund schlief. Carmine dachte, Daniele sei sehr frühreif. Nicht nur daß Dodò nichts vom Schachspielen verstand, er hatte auch eine Art, sich so unsicher und ungeschickt zu bewegen und war so wenig aufgeweckt, daß Carmine dachte, er sei für sein Alter zurückgeblieben. Dodò war wie Daniele schon ganze fünf Jahre. Vielleicht, so dachte er, gab man ihm zuviel Grießbrei zu essen. Er war dick. Dicken Kindern gibt man keinen Grießbrei. Man mußte dem Kinderarzt sagen, daß er ihm eine neue Diät verschrieb. Wer weiß, was Daniele aß. Er fragte ihn, was er heute abend gegessen habe. Daniele antwortete, er habe Blumenkohl gegessen. »Mit Essig angemacht?« fragte Carmine. Ja, sicher. Dodò gaben sie keinen Essig. Er hatte in seinem ganzen Leben noch keinen Tropfen Essig gekostet. Er dachte an die Abendmahlzeiten seiner Kindheit zurück, die keine Mahlzeiten waren, sondern nur Brocken von übriggebliebenem Brot. »Dodò bekommt abends immer Grießbrei«, sagte er, »und sehr viel Milch. Täglich trinkt er einen

Liter.« »Daniele dagegen muß sich übergeben, wenn er Milch trinkt. Er ißt, was gerade da ist. In Essig Eingelegtes. Wurst. Was er in der Küche findet. Aber er ist kräftig. Er ist zwar mager, aber kräftig. Amos Elia sagte, je magerer Kinder seien, um so besser sei es. Er war ein tüchtiger Arzt. Vor allem ein tüchtiger Kinderarzt. Wenn er hierherkam, ließ er sich sofort die Kinder zeigen und untersuchte sie gründlich, vom Scheitel bis zur Sohle. Dann hatte er mit ihnen seinen Spaß. Er hatte Geduld. Er zeichnete ihnen Tiere. Aber er ist nur wenige Male gekommen.« »Zweimal«, sagte Angelica. »Einmal hat er eine Wurst mitgebracht. Das andere Mal Nüsse. Aber die Nüsse waren innen taub und schwarz.« »Du Schandmaul«, unterbrach sie Matteo Tramonti, »kannst dich an nichts als an Taubheit und Schwävze evinnevn.« Carmine war sehr müde, er schlief in seinem Sessel ein, bis sie ihn weckten und sagten, er solle nach Hause gehen, es sei schon nach Mitternacht.

In den folgenden Monaten erinnerte Carmine sich oft an das Magierkostüm und an Ciaccia Oppi, die mit der Brille weit unten auf der Nase darein vertieft war, einen großen silbernen Halbmond daraufzunähen. Ein Anhauch von Schmerz streifte ihn dabei. Bei dem Maskenfest in der Villa von Ciaccia Oppis Mutter in Velletri begegnete Ninetta einem vierzigjährigen Journalisten namens Giose Quirino und verliebte sich sterblich in ihn.

Sie hatte ihn schon flüchtig gekannt, aber als sie lange mit ihm in der Küche war, um Brötchen zu richten und dann in den Gängen farbige Papiergirlanden aufzuhängen, verliebte sie sich in ihn. Carmine erinnerte sich an den Augenblick ihrer Abfahrt in Ciaccia Oppis Wagen mit Ninetta, Dodò, Ninettas kleiner Schwester Mariolina, dem Magierkostüm und einem Kostüm à la Shirley Temple, das heißt einer großen blonden Perücke und einem sehr kurzen Röckchen aus weißem Organdy mit rosa Schleifchen, das für Mariolina bestimmt war. Ninetta würde eine schwarze Tunika anziehen und die Königin der Nacht sein. Nachmittags rief ihn Ninetta an und sagte ihm, sie wisse nicht, ob sie die Tunika anziehen solle oder statt dessen nur alte Wollsachen und Fetzen, sie wisse nicht, ob sie die Königin der Nacht sein solle oder eine Bettlerin. Sie konnte sich nicht entscheiden. Carmine dachte lange an dieses Telefongespräch zurück, weil es das letzte Mal war, daß sie vertraulich und in Ruhe miteinander sprachen. Er sagte ihr, er bereue, daß er nicht mitgekommen sei, weil er Maskenfeste nicht sehr mochte, daß es schön sei, sich als Königin der Nacht zu verkleiden, aber auch als Bettlerin, denn auch in Bettlerlumpen umherzustreichen, könne sehr nett sein. Er sagte ihr, es tue ihm leid, daß sie beide in letzter Zeit wenig liebevoll und ein bißchen zänkisch miteinander gewesen seien, und er meinte, sie könnten vielleicht bald ein paar Tage verreisen, zum Beispiel nach Perugia oder Assisi, denn er habe große Lust, einerseits Bilder und Kirchen, andererseits Wiesen und Wälder zu sehen, in kleinen Hotels zu wohnen, selbst wenn sie ein bißchen kalt und unbequem waren, und morgens aufzustehen und die Füße sofort ins feuchte Gras stecken zu können. Sie entgegnete, vielleicht könnten sie auch ein bißchen weiter fortfahren, nach Wien oder nach Prag, ja, auch sie habe Lust auf Kirchen und Bilder, aber ein Bedürfnis nach feuchtem Gras empfinde sie nicht, schon weil es in der Villa in Velletri ziemlich feucht war. Er antwortete, sie würden es so machen, wie sie es am liebsten hatte. Sie sagte ihm, er solle nicht allein bleiben, sondern zum Essen zu ihrer Mutter im Stockwerk darunter gehen oder zu Ivana, wenn er lieber wolle, weil ihre Köchin vor allem, wenn sie ihre Regel hatte, recht ungezogen war. Wenn sie sich recht erinnerte, hatte sie gerade in diesen Tagen ihre Regel. Sollte er sich entschließen, zu Ivana zu gehen, könne er den Braten aus dem Kühlschrank mitnehmen, aber nicht, wenn er nach unten gehe, denn unten war man in Sachen Braten reichlich heikel. Dann sagte sie, sie lege nun auf, sonst koste es zuviel für Ciaccia Oppi.

Am nächsten Morgen holte er sie ab. Er kannte die Villa von Ciaccia Oppis Mutter, und er kannte auch die Mutter, aber es war ihm bisher noch nie aufgefallen, daß beide, Villa und Mutter, so düster waren. Es war Morgen. Er betrat einen großen Saal mit Säulengang, der auf einen weiten, dichtbelaubten und feuchten Garten hinausging, und sofort verflog seine Lust auf feuchtes Gras. Ciaccia Oppis Mutter ging langsam durch den Saal, auf ein Stöckchen mit silbernem Knauf gestützt und von einer Krankenpflegerin gefolgt. Sie inspizierte die von dem Fest herrührende Unordnung und zeigte mit der Spitze ihres Stöckchens auf die umherliegenden Konfetti, die Scherben eines Glases im Kamin und die Flecken auf dem Teppich. Sie war das genaue Gegenteil von Evelina, ein winziges altes Frauchen mit einem langen elfenbeinfarbenen Gesicht, einem buckligen Rücken und einem Spitzentuch auf diesem Buckel. Er überlegte, daß alte Leute, auch wenn sie das genaue Gegenteil von Evelina waren, unerträglich sein konnten. Ciaccia Oppi reinigte ein Sofa, auf das jemand eine Tasse Schokolade ausgeleert hatte. In Morgenrock und Pantoffeln spritzte sie mit einer Sprühdose Wogen von Schaum auf die Rückenlehne, und Ninetta, die ebenfalls im Morgenrock war, half ihr, indem sie mit einem Schwamm kräftig rieb. Ninetta hatte ein verschwollenes Gesicht und kleine Augen, als hätte sie zuviel geschlafen oder geweint, und sagte ihm, sie habe schreckliches Kopfweh, denn das Fest sei ziemlich anstrengend und lang gewesen, weil es am Nachmittag mit einem Imbiß für die

Kinder angefangen und spät in der Nacht unter Erwachsenen aufgehört habe, wobei aber immer noch einige Kinder anwesend gewesen seien und Krach gemacht hätten. Dodò und Mariolina schliefen noch. Sie ging hinauf, um sie zu wecken und für die Abreise herzurichten. In der Villa herrschte allgemein schlechte Laune, Ciaccia Oppi und ihre alte Mutter zischten einander wütende Worte zu, die Krankenpflegerin war pikiert, weil die Alte ihr dauernd sagte, sie solle ihr nicht so nahekommen, sie könne sehr gut allein gehen, die Aufseherin, die gekommen war, um das schmutzige Geschirr abzuholen, erklärte, es habe keinen Zweck, sich mit dem Schaum so abzurackern, das Sofa sei ohnehin ruiniert. Dodò und Mariolina wurden verschlafen und benommen zusammen mit der großen Reisetasche, in der die Kostüme und die auf dem Fest gewonnenen Spielsachen steckten, im Auto untergebracht. Ninetta setzte sich neben Carmine, nachdem sie Ciaccia Oppi umarmt hatte, die ihr wie nach einem Trauerfall mit einer Art mütterlichen Mitleids das Gesicht streichelte. Während der Fahrt dösten die Kinder vor sich hin, Ninetta rauchte, verkroch sich in ihren Regenmantel und schaute hinaus. Übellaunig antwortete sie Carmine, ja, Dodò habe schön ausgesehen, der silberne Halbmond sei auch schön gewesen, ja doch, und Shirley Temple auch. Sie sei keine Bettlerin gewesen, sondern Königin der

Nacht. Carmine sagte, er wolle einen Cappuccino, nicht einmal einen lumpigen Cappuccino habe sie ihm angeboten, diese alte Hexe. Schließlich kam heraus, daß es vielleicht Dodò war, der die Schokolade auf das Sofa verschüttet hatte. Aber er behauptete, ein anderes Kind habe ihn geschubst. Es sei ein Louis-XV-Sofa, sagte Ninetta, echtes Louis XV. Carmine ging allein in die Bar, Ninetta, immer noch bleich und immer noch verschwollen, wartete mit den Kindern im Auto. Zu Hause angekommen legte sich Ninetta aufs Bett, und als Carmine sie abends fragte, ob er am nächsten Tag, einem Montag, in ein Reisebüro gehen solle, um die kleine Reise nach Wien oder nach Prag zu buchen, von der sie am Telefon gesprochen hatten, antwortete sie, nein, lieber später, vielleicht im Frühjahr oder im Sommer. Von den nächsten Tagen an brachte er nicht mehr fertig, genau den Augenblick zu rekonstruieren, an dem es klar wurde, daß sie, wenn sie ausging, nicht ausging, um zu Ciaccia Oppi, zum Supermarkt oder zum Tennis zu gehen, sondern daß sie an keinen von diesen Orten ging. Wenn er nach Hause kam, fand Carmine häufig zum Essen Ciaccia Oppi vor, und zwar allein ohne ihren Mann, und nach dem Essen zogen Ciaccia und Ninetta sich in das gelbe Zimmerchen zurück, das früher, als Dodò noch klein war, als Spielzimmer gedient hatte. Noch war der Laufstall darin, auf die Schränke waren

Elefanten und Giraffen gemalt, und Ninetta wünschte, daß dort alles so bleibe, wie es war, denn sie konnte ja noch ein zweites Kind bekommen. Dodò hatte jetzt ein anderes Spielzimmer, groß, mit einem Globus und einer Rechenmaschine, die nur auf die Zeit warteten, wenn er zu lernen anfing. An diesem gelben Zimmerchen klopfte Carmine an, um zu fragen, ob Dodò ein Bad nehmen sollte oder nicht, ob die Köchin Schinken bestellen sollte oder nicht. Als Antwort vernahm er ein weinerliches Gemurmel von Ninetta und dann, schrill, Ciaccia Oppis Stimme, die ja oder nein sagte. Er hatte Ninetta befragt und wußte nun, daß sie ein Verhältnis mit Giose Quirino hatte und schrecklich darunter litt, da sie im Lauf ihres Lebens immer gefunden hatte, Ehebruch sei etwas Trauriges und Unwürdiges. Sie litt, aber sie war vielleicht auch stolz und erstaunt, daß sie ein trauriges und unwürdiges Abenteuer erlebte. Ninettas früheres strahlendes und starres Lächeln war verschwunden, und an seine Stelle war ein kleines, demütiges, schmerzliches, bebendes Lächeln getreten. Carmine hatte Giose Quirino einige Monate zuvor im Haus von Ciaccia Oppi kennengelernt. Er fand ihn einen albernen Tropf. Er war groß und mager, mit einem Gesicht, das ganz aus Runzeln, Falten, Tränensäcken und Hängebacken bestand, und war in seiner Magerkeit immer in elegante, weiche, weiße Pullover gehüllt. Als Ninetta ihn das erste

Mal gesehen hatte, sagte sie, er gleiche einem Affen. Dodò hatte einen Stoffaffen, der inzwischen ganz in Fetzen war und dessen Kopf schlenkerte, den wollte er zum Schlafen immer bei sich haben. Abends fand sich dieser Affe nie, und man mußte ihn in der ganzen Wohnung suchen. Als Ninetta ihn unter einem Möbel herausfischte, sagte sie, er sehe aus wie Giose Quirino. Wie lange war das her. Carmine hatte gesagt, Ahnungslose könnten Giose Quirinos Gesicht, sonnengebräunt, verrunzelt und erschlafft, wie es war, auch für ein rauhes, hartes, zutiefst aufgewühltes Gesicht halten, während er zweifellos lediglich darein vertieft war, sich zu fragen, ob die Fratze, mit der er seine Lippen zusammenbiß, auch männlich und bitter genug wirkte. Er war, so hatte Carmine gesagt, ein alberner Tropf. Ninetta hatte zugestimmt. Wie weit lagen diese friedlichen Bemerkungen und diese zustimmenden Worte nun zurück. Carmine hatte gemeint, mitten im Winter so sonnenverbrannt, wie er war, wirke er, als käme er gerade vom Mount Everest zurück, und Ninetta hatte entgegnet, er lasse sich zu Hause von einer Höhensonne bräunen, das habe sie von Ciaccia Oppi erfahren, denn er gehe nicht in die Berge, habe nie einen Fuß dorthin gesetzt. Er hatte eine untersetzte, dicke Frau mit Piemonteser Akzent, die wie eine Portiersfrau aussah. Er hatte eine häßliche, schwerfällige sechzehnjährige Tochter, die eine Brille trug. Er zeigte sich ungern mit Frau und Tochter, aber manchmal gelang es ihm nicht, sie zu Hause zu lassen, sondern sie hängten sich an ihn, und die Frau erzählte in ihrem Piemonteser Akzent Dinge, von denen er wollte, daß sie verschwiegen würden, redete von seiner Gymnastik und seiner Diät, die er machte, um schlank und rank zu bleiben, den weißen Pullovern, die er aus einem geheimen Lädchen preiswert bezog, dessen Adresse er niemandem verriet. Wenn er Frau und Tochter bei sich hatte, wurde seine bittere Fratze weicher und müder. Carmine kam es jetzt höchst seltsam und traurig vor, sich Ninettas milchweißes, frisches und zartes Gesicht neben diesem verrunzelten und erschlafften Gesicht vorzustellen, das sich zu einer bitteren Grimasse verkrampfte. Eines Tages kam Ciaccia Oppi in sein Büro in der Via della Vite. Auf dem Kopf trug sie einen großen Hut aus Biberpelz. Es war März, aber draußen war es sehr windig, mit Regenschauern und ein paar Schneeflocken. Ciaccia Oppi sagte ihm, Ninetta sei verliebt, und zwar sterblich verliebt und habe vor, ihn zu verlassen, Dodò mitzunehmen und mit Giose Quirino zusammenzuleben. Im übrigen, fuhr Ciaccia Oppi fort, sei es verständlich, daß es dazu gekommen sei. Seit langer Zeit vernachlässige Carmine sein Zuhause und verbringe Stunden und Stunden in der Via del Vantaggio. Er könne sich jetzt über nichts wundern. Carmine sagte, er wundere sich über nichts, aber Dodò überlasse er diesem albernen Tropf nicht. Der alberne Tropf, wandte Ciaccia Oppi ein, habe sich immerhin als fähig erwiesen, aufmerksam, zärtlich und hingebungsvoll zu sein, Eigenschaften, die er, Carmine, vielleicht einst besessen, aber inzwischen eingebüßt habe. Er erklärte, er halte es nicht für notwendig, sich gegen ihre Unterstellungen zu verteidigen, was er als demütigend empfunden hätte, er entziehe niemandem etwas, wenn er häufig Ivanas Gesellschaft suche, sie hätten doch so viele gemeinsame Erinnerungen, und Ivana und Angelica seien die einzigen verläßlichen Freundinnen, die er auf dieser Welt habe. Danach fand er es komisch, daß er Angelica genannt hatte, und sah ihre herabhängende Strähne und ihr gestrenges Auge vor sich. Ciaccia lächelte ihm mit ihrem breiten, rundlichen Gesicht ironisch zu, und ihm kam es vor, als hätten dieses Lächeln und dieser Hut vor ihm Wurzeln geschlagen und seien nicht mehr auszureißen. Aber schließlich ging sie doch. Er folgte mit seinen Augen dem Hut aus Biberpelz, der sich mit einem ironischen Wippen durch die verglaste Galerie entfernte.

Er erhielt einen Brief von seinen Eltern. Sie schrieben, wie jedes Jahr würden sie Ostern kommen. Seine Mutter hatte eine große Decke für ihr Ehebett fertig, die sie gestrickt hatte. Sie erinnerte sich daran, daß sie beide so gern rot mochten. Er antwortete ihnen, sie sollten nicht kommen. Er behauptete, sie hätten Verwandte von Ninetta zu Gast. Diese Besuche seiner Eltern waren mit den Jahren immer beschwerlicher geworden, denn es kam ihm immer mehr so vor, als würde ihnen zwar von Ninetta und Evelina überschwenglicher Jubel und Aufwand zuteil, aber unter all diesem Jubel verberge sich ein zutiefst gelangweilter Seufzer und die beiden hätten es eilig damit, daß seine Eltern so bald wie möglich wieder abreisten. Er dachte, vermutlich habe Evelina, als Ninetta noch klein war, die Verwandten der Amme mit eben so schmatzenden Küssen und eben so Schutz spendendem Rückenstreicheln bedacht. Als er und Ninetta beschlossen hatten zu heiraten, war es für Evelina schwer genug gewesen, sich mit dem Gedanken abzufinden, daß Ninettas Schwiegereltern zwei alte Bauersleute sein würden, aber schließlich hatte sie diesem so ungewöhnlichen und schwierigen Gedanken doch eine Lichtseite abgewonnen, da sie immer bereit war, allem, was ihr zustieß und was sie anging, eine Lichtseite abzugewinnen. Zu ihrem tiefsten Erstaunen erfuhr sie, daß Carmines Mutter, der sie, als sei sie hinfällig, in den Zimmern stützend den Arm gab, fünf Jahre jünger als sie selbst war. Zudem war die Mutter in Wirklichkeit standfest wie eine Eiche und pflegte zu Hause die Wäsche am Brunnen zu waschen und Säcke mit Holz zu tragen. Sie besaßen eine Waschmaschine und besaßen einen Kerosin-Ofen, mißtrauten aber dem einen wie dem anderen. Evelina hatte Carmine nahegelegt, seine Mutter zu ihrem Zahnarzt zu bringen, weil sie doch so schwarze, verdorbene Zähne habe, dann aber verschluckte sie diesen Vorschlag schleunigst, weil ihr eingefallen war, daß die Herstellung eines Gebisses monatelang dauerte, ganz abgesehen davon, daß das bei ihrem Zahnarzt entsetzlich kostspielig war.

Als Carmines Eltern seinen Brief erhielten, in dem es hieß, sie sollten nicht kommen, wurden sie recht böse und schrieben, sie seien damit zufrieden, wo auch immer zu schlafen, ihnen genüge ein kleines Bett. Doch sie kämen nicht, wenn sie nicht erwünscht seien. Die Decke würden sie als Postpaket schicken. Die Decke kam an. In Wirklichkeit war sie nicht rot, sondern orange, mit einer Art Stern in der Mitte, der aus grünen und schwarzen Rhomben bestand. Ninetta fand sie scheußlich. Sie stopfte sie zuunterst in einen Schrank. Carmine sagte ihr, sie müsse aber schreiben und sich bedanken. Sie antwortete, ja, sie werde schreiben, schrieb aber nie, und an ihrer Stelle schrieb Evelina, die Wolle und Stern aufs höchste lobte.

Carmine begriff, daß Evelina, die allem, was in ihr Leben trat, eine Lichtseite abgewann, es doch nicht fertigbrachte, Giose Quirino eine Lichtseite abzugewinnen, und ihn aus vollen Kräften haßte. Sie fand ihn abgrundhäßlich, er sehe aus wie ein Affe. Wenn sie abends Dodò seinen Affen gab, hob sie die Augenbrauen, rundete die Lippen und schüttelte verächtlich seine schlenkernden Glieder. Evelina verabscheute häßliche Menschen und liebte die schönen, und Carmine fand sie sehr schön. Im übrigen war er ihr Schwiegersohn, und sie hatte ihn anfangs mit einigem Zaudern und einiger Mühe mit einem festen und starken strahlenden Panzer umgeben. Ihm diesen Panzer wieder zu nehmen, hätte sie auf jeden Fall viel Zeit gekostet, und so hatte sie für den Augenblick alles beiseitegeschoben, was ihr an ihm mißfiel, und das war nicht wenig, und hatte sich auf seine Seite geschlagen. Giose Quirino dagegen fand sie, wie sie Ninetta unermüdlich wiederholte, wenn sie morgens in ihr Schlafzimmer kam, während sie sich anzog, ihren Pony kämmte oder ihre Stiefel schnürte, nicht nur abgrundhäßlich, sondern unfein, schlecht erzogen, vulgär, mit einer gräßlichen Frau, einer gräßlichen Tochter, und die Zeitung, für die er schrieb, fand sie eine miserable Zeitung. Sie sagte, politisch habe er alles Ansehen verloren, weil er ein paarmal die Partei gewechselt habe und jetzt der Republikanischen Partei beigetreten sei, weil sie ihm wahrscheinlich einen besseren Posten an einer anderen Zeitung versprochen hätten, und moralisch habe er sein Ansehen eingebüßt, weil er die Gewohnheit habe, sich jeden Abend zu betrinken. Ninetta sagte weder ja noch nein. Immer stand das demütige, bebende, flüchtige Lächeln auf ihrem Gesicht, dafür lag aber so etwas wie Stolz in der Art, wie sie ihren Kopf schüttelte und die Haare hinter die Ohren warf, sobald sie den letzten Knopf ihrer sandfarbenen Wildlederjacke zugeknöpft hatte.

Carmine wurde eines Tages von Armandino aus Viterbo angerufen. Er lag an diesem Tag mit ein bißchen Fieber im Bett. Es kam ihm so vor, als ob alles im Haus in Stücke gefallen sei, die Köchin redete im Bügelzimmer vor sich hin und sagte, sie wolle fortgehen, weil es zuviel Arbeit gebe, das Licht am Bett funktionierte nicht, Dodò irrte in einem ganz verdreckten Pullover mutterseelenallein umher, und er selbst hatte um Tee gebeten, und dieser Tee kam nicht. Ninetta war ausgegangen. Er hatte das Telefon neben dem Bett. Mißmutig meldete er sich und begriff für ein paar Augenblicke nicht, wer dieser Armandino war, dessen warme, vertrauensvolle Stimme in den einsamen, nebligen Bereich drang, in den er sich gestürzt fühlte. Dann erinnerte er sich. Auch Ornella kam ans Telefon. Sie rissen einander den Hörer aus der Hand, um ihm zu sagen, daß sie immer an ihn dachten. Er hatte nichts beizusteuern als seine eigene unwillige Stimme, die vom Fieber heiser war. Sie hatten, erzählte Armandino, die Frau von

Amos ausfindig gemacht. Sie war nicht mehr in Berlin, sondern in Lübeck. Sie betrieb ein kleines Kosmetikgeschäft. Sie war nicht arm. Mit dem Verkauf des Hauses schien es ihr nicht sehr zu eilen. Sie hatte sie nach Lübeck eingeladen. Vielleicht würden sie in einiger Zeit dorthin fahren. Einstweilen wollten sie aber eine kleine Reise nach Rom machen, ihn, Carmine, Matteo Tramonti und die liebe Signora Riviera wiedersehen. Sie fragten nach dem Hund. Er antwortete, es gehe ihm ausgezeichnet. In Wirklichkeit ging er seit etwa zehn Tagen nicht mehr in die Via del Vantaggio, weil Ivana beim letzten Mal, als er dort hinkam, damit beschäftigt war, eine Übersetzung abzuschließen, und ihn, kaum hatte sie ihn eintreten sehen, müde und nervös angeschrien hatte, Ninettas Angelegenheiten, Ninettas Liebesgeschichten und der Mann mit dem Affengesicht interessierten sie nicht, aber auch gar nicht, und sie wolle davon nichts hören. Er hatte ihr gesagt, auch er brauche schließlich jemanden, mit dem er über sich selbst sprechen könne. Wozu seien Freunde sonst da. Sie hatte ihm geantwortet, er komme überhaupt nicht zu ihr, um über sich zu sprechen, wenn er das doch getan hätte, statt dessen spreche er von verworrenen Albernheiten. Er tue nichts anderes, als sich in Vermutungen über den Mann mit dem Affengesicht zu ergehen. Dabei wisse er doch genau, daß mit und ohne Affen seine Beziehungen zu seiner Frau seit langer Zeit eine Katastrophe seien. Er hatte seinen Regenmantel angezogen und war gegangen. Seither hatte er sie nicht einmal mehr angerufen, weil er wütend war und sich gedemütigt fühlte. So hatte er nicht zu hören bekommen, daß der Hund während dieser zehn Tage erkrankt und gestorben war. Er erfuhr es aus einem Brief von ihr, den er an diesem Nachmittag unmittelbar nach dem Anruf von Armandino erhielt. In dem Brief bat sie ihn um Entschuldigung, daß sie ihn so schlecht behandelt habe, und bat ihn, sie besuchen zu kommen. Der Hund sei gestorben. Er sei an Altersschwäche eingegangen, hatte der Tierarzt ihr gesagt. Doch sie war der Ansicht, daß er wegen des Ortswechsels gestorben war. In ihren drei Zimmern zu leben, in ihrer Küche zu schlafen und morgens auf ihren kleinen Balkon zu treten, mußte ihm schrecklich vorgekommen sein. Sie verstand ihn. Auch ihr kamen diese Räume schrecklich vor, und sie wäre am liebsten woanders gewesen, nur wußte sie nicht, wo. Wenn sie gewußt hätte, wo sie gern gewesen wäre, wäre ihr alles besser vorgekommen, und alles wäre erträglicher gewesen. Angelica, die Hunde immer gehaßt hatte, hatte diesen alten Hund ins Herz geschlossen, und nun irrte sie durch die Wohnung wie eine arme Seele in der Pein. Sie wollte einen neuen Hund.

An diesem langen Nachmittag, als sein Fieber

stieg, dachte er, daß Ivana und alles, was sie umgab, den besten Teil seiner Existenz ausmachte, den einzigen Bereich, aus dem ihm etwas zuwuchs, was ihn intelligenter, ungewöhnlicher und stärker machte. Das hatte er schon so oft gedacht, aber an diesem Nachmittag dachte er es nachdrücklicher. Als Ninetta mit ihrem demütigen Lächeln, ihrem leicht zerzausten Pony und der vom Regen durchnäßten Wildlederjacke nach Hause kam, empfand er Mitlied mit ihr. In der Hand hatte sie eine Tragtasche voll Orangen. Er hatte gesagt, er hätte gern einen Orangensaft. Aber er hatte das um drei Uhr nachmittags gesagt, und jetzt war es Nacht. Der Gedanke an die Orangen mußte sie verfolgt haben, während sie sich in Gesellschaft der bitteren Fratze befand. Gewiß hatte sie sich schuldig gefühlt, weil keine einzige Orange im Haus war und weil die Köchin, selbst wenn man sie totgeschlagen hätte, nicht hinunterging, um etwas einzukaufen. Er wußte nicht, wo Ninetta und die bittere Fratze sich trafen, aber er stellte sich vor, daß sie sich in einem Mansardenzimmer in der Via Porpora über der Wohnung von Ciaccia Oppi trafen, in einem Zimmer, in das Ciaccia Oppi alte Möbel gestellt und das einen separaten Eingang hatte. Ninetta wollte losstürzen, um Orangen auszupressen, aber er sagte, jetzt habe er keine Lust mehr auf Orangensaft. Ihre Beziehungen, so dachte er, waren schon seit langer Zeit eine Katastrophe. Er hätte nicht sagen können, seit wann, vielleicht seit jeher, jedenfalls liebte er sie nicht mehr. Aber er fand sie bemitleidenswert. Sie setzte sich auf sein Bett und erzählte, die Köchin habe gekündigt und, kaum sei sie nach Hause gekommen, hätte sie zu ihr gesagt, sie sei ausschließlich zu ihnen gekommen, um zu kochen, während es in Wirklichkeit einen Haufen anderer Dinge zu tun gebe und gekocht werden müßte nur blödes Zeug. Er meinte, vielleicht müsse man eine andere suchen oder auch nicht, in Hinblick auf ihr zukünftiges Leben. Vorläufig habe er aber weder Lust zu sprechen noch nachzudenken, da er starkes Kopfweh und Fieber habe, und damit drehte er sich zur Wand.

Am nächsten Tag kam der Arzt und sagte, es handele sich um eine Lungenentzündung, und Ninetta breitete auf der Kommode ein weißes Tuch aus, um die Medizinen darauf zu stellen, verkleidete die Lampe mit einem roten Halstuch von sich, zog den Stecker heraus und brachte das Telefon ins Wohnzimmer. Sie hatte nicht mehr den Mut auszugehen, machte ein sehr unglückliches Gesicht und verschwand hin und wieder, um ins Wohnzimmer zu gehen und zu telefonieren. Er sagte ihr, sie solle ruhig ausgehen, er brauche nichts. Einmal ging sie aus und ließ ihn mit Evelina zurück. Evelina, die für ihr Leben gern Kranke pflegte, saß den ganzen Nachmittag kerzengerade mit einem Taschentüchlein in der Hand im Sessel, legte die duftige blaue Wolke über ihrer Stirn zurecht, lächelte, wie man Kranken zulächelt, und sprach, wie man zu Kranken spricht, wenige knappe und leise, oberflächliche und heitere Sätze. Ivana und Matteo Tramonti kamen ein paarmal ihn besuchen, aber ihm ging es schlecht, und man ließ sie nicht herein, sie begrüßten ihn nur von der Tür aus, und Matteo Tramonti, der bisher noch nie zu ihm gekommen war, flüsterte ihm einmal zu »Das ist wivklich ein Pväsevvativ«, weil er einen flüchtigen Blick in das Wohnzimmer geworfen und dort die Lampe neben dem Tisch gesehen hatte. Schließlich wurde er wieder gesund und stand auf. Ninetta sagte, sie wolle gern Ivana sehen und mit ihr sprechen. Wenn Ivana gekommen war, während er krank lag, hatte sie keine Zeit gehabt, um sich mit ihr zu unterhalten. So rief er Ivana an und bat sie, gleich zu kommen, aber ohne Matteo Tramonti, allein. Ivana kam. Ninetta nahm sie mit sich in das gelbe Zimmerchen. Sie wußte jedoch nicht genau, was sie ihr sagen wollte, vielleicht wollte sie nur, daß Ivana sie sah, wie sie jetzt war, von einer großen Liebe, einem großen Schmerz und einem Ehebruch gezeichnet. Sie gab viele verworrene und komplizierte Sätze von sich, stotterte und verhaspelte sich bei den Wörtern, fuchtelte mit den Händen in der Luft herum, nannte aber niemanden beim Namen und erging

sich in Abstraktionen. Abtraktionen waren jedoch nicht ihre Stärke. Ivana musterte indessen die Elefanten und Giraffen, die in leuchtenden Farben auf die Schränke gemalt waren, und fragte Ninetta plötzlich, wieso hier noch ein Laufstall stehe, wo es doch keine kleinen Kinder mehr gebe. Ninetta erwiderte, sie würden manchmal das kleine Kind einer Kusine hineinsetzen. Dann erschien Carmine im Schlafanzug in dem Zimmerchen und brachte den Tee, den er selbst zubereitet hatte, da die Köchin zwar noch im Haus war, aber meist zu verärgert, um Tee zu machen.
Dann endete alles zwischen Ninetta und Giose Quirino, und Ninetta kehrte eines Abends einfach nach Hause zurück, streckte sich auf das Bett, schloß die Augen und teilte Carmine mit tonloser Stimme mit, alles sei aus. Giose Quirino hatte gesagt, er wolle sie nicht mehr wiedersehen, weil er sie zu sehr liebe und seine Frau zu sehr darunter leide. Seine Frau war zuckerkrank und hatte ein schwaches Herz. Mit Frau und Tochter verband ihn eine so tiefe Zuneigung, daß ihr Unglücklichsein ihn entsetzlich unglücklich machte. Bei ihren letzten Begegnungen hatte Ninetta Gelegenheit, die bittere Fratze bis zum Überdruß zu genießen, da er ihren Abschied über einige Tage ausdehnte und die Natur und den komplexen Charakter ihrer Verbindung bis zum letzten auseinandernahm. Dann brach Giose Quirino zu einer Reise nach

Korsika auf, um von dort eine Reportage für seine Zeitung zu machen, und nahm Frau und Tochter mit sich. In Carmine stieg der Verdacht auf, Evelina habe mit Hilfe von Ciaccia Oppi eingegriffen und habe Giose Quirino Geld angeboten, damit er Ninetta sagte, daß zwischen ihnen alles aus sein müsse. Doch das war nur ein vager Argwohn, der auch nicht zutreffen konnte, und vielleicht war es vielmehr der Diabetes seiner Frau, der Giose Quirino veranlaßt hatte, sich von Ninetta zu trennen, von diesen anstrengenden heimlichen Treffen, und vielleicht zog er im Grunde dem schwarzen Pony den geruhsamen Chignon seiner Frau in seiner Häuslichkeit und Mütterlichkeit vor, der so wenig verpflichtend war. Ninetta verbrachte ihre Tage auf dem Bett, starrte bleich ins Leere und sah, wie in dieser Leere ihr Ehebruch verlosch. Wieder verlangte sie Ivana zu sehen. Und Ivana kam, und diesmal blieben sie im Schlafzimmer. Ninetta weinte einfach, und Ivana versuchte sie zu trösten. Sie war jedoch, wie sie Carmine später gestand, nicht dazu gemacht, andere Leute zu trösten. Sie fand Ninetta zutiefst töricht und sehr bemitleidenswert. Sie ertrug sie, wenn sie weinte, ertrug sie aber nicht, wenn sie sich in Abstraktionen erging. Aber sie wußte nicht, welchen Weg sie ihr weisen sollte, denn sie sah keinen Weg. Jetzt müsse man, sagte Evelina zu Carmine, die Ehe in Ordnung bringen. Er versuchte, früh aus seinem Büro nach Hause zu kommen, setzte sich neben das Bett, streichelte schweigend Ninettas Hand, und dann riefen sie Dodò. Dodò erschien mit seinen runden, verschreckten Augen. Da die Köchin nicht mehr da war, aßen sie in der Küche die Speisen, die Evelina aus dem unteren Stockwerk heraufschickte. Der Sommer kam. Evelina hatte in Poveromo ein großes Haus mitten im Pinienwald gemietet, und Carmine mußte das Gepäck machen, weil Ninetta, die immer so gern gepackt hatte, sich jetzt mit geistesabwesenden Augen vor die leeren Koffer setzte, während Tränen ihr langsam die Nase entlangrannen. Carmine befürchtete, sie würde verrückt. In Poveromo lag sie die ersten Tage ständig wie eine Kranke auf der Terrasse und wollte niemanden sehen. In der Mitte des Sommers ging Evelina fort, damit die beiden alleinblieben, um ihre Ehe wieder in Ordnung zu bringen. Langsam wurde Ninetta wieder fröhlich und kehrte zu den Dingen zurück, die ihr Spaß machten, zu Tennis, Segeln, Baden im Meer, Wasserski und vergnügte sich auch mit gewissen etwas dümmlichen Spielchen abends im Pinienwald zusammen mit den Freunden, die erst wenige waren und dann immer mehr wurden. Ein Heißhunger auf Menschen überkam sie. Geblieben aber waren eine große Faulheit und eine Gleichgültigkeit dem gegenüber, was die Menschen von ihr halten konnten. Sie behielt die Leute zum Essen da, hatte aber keine Lust zu kochen, kochen mußte vielmehr Evelinas Diener, der nicht kochen konnte und mit scharlachrotem, schreckerfülltem Gesicht hin- und herrannte. Die Mahlzeiten waren unordentlich zubereitet und schlecht. Auf Ninettas Gesicht war das alte, breite, strahlende und unbewegliche Lächeln wieder eingekehrt, das wie ein Juwel dargeboten wurde, ihr Augenaufschlag und die Bewegungen ihrer Glieder waren wieder langsam, graziös und schmachtend, und ihre Stimme erklang wieder in dem süßen, kindlichen Singsang, den sie in ihrem Inneren sicherlich vergötterte und der sich in der Zeit ihres Ehebruchs verloren hatte. Carmine atmete auf, daß sie nicht verrückt geworden war. Einmal sagte sie ihm, sie empfinde den Gedanken als entsetzlich demütigend, daß eine untersetzte, dicke Frau, mit vorstehendem Busen, dürren Hühnerbeinen, einem verblichenen Chignon, piemontesischem Akzent und dem Aussehen einer Portiersfrau ihr vorgezogen worden sei. Aus dem Mann mache sie sich nichts mehr, fuhr sie fort, und denke kaum noch an ihn, an die dicke, untersetzte Frau aber denke sie, und bei diesem Gedanken spüre sie einen starken Schmerz, als verbrenne jemand ihr lebendiges Fleisch. Das war jedoch das letze Mal, daß sie Carmine von sich selbst sprach, denn später sprach sie nicht mehr mit ihm von sich selbst. Er hörte manchmal, wie sie zu anderen von sich selbst sprach, aber er hatte nicht den Eindruck, daß sie dabei etwas Wahres aussprach. Nachdem die Angst vorüber war, daß sie verrückt werden könne, merkte er, daß er sich entsetzlich langweilte, blieb aber in dem Haus im Pinienwald und nahm seinerseits an den dümmlichen Spielchen mit Ciaccia Oppi, den Freunden von Ciaccia Oppi und den Freunden von Ninetta teil, lauter Leuten, mit denen er sich nichts zu sagen hatte. Ende August kehrte er nach Rom zurück. Ninetta und Dodò blieben am Meer. Und mit ihnen zusammen blieb Evelina, die aus Chianciano zurückgekehrt war. Das Haus war dunkel, als er am frühen Nachmittag ankam. Die Möbel im Wohnzimmer waren mit Hussen bedeckt, die Teppiche eingerollt und unter dem Tisch gestapelt. Er sah die Seidenraupe und das Präservativ wieder und im Zimmer nebenan die Weltkugel und die Rechenmaschine. Dodò mußte in der Schule angemeldet werden, und Ninetta hatte schon vor vielen Monaten, schon vor dem Ehebruch bestimmt, daß er in eine wunderschöne deutsche Schule gehen sollte, die von einem großen Park umgeben war und einen Kleinbus besaß, mit dem er abgeholt und wieder nach Hause gebracht würde. Schon vor Monaten hatte Ninetta die blaue, schwarz gebörtelte Kittelschürze vorbereitet, die in dieser Schule vorgeschrieben war, und ebenso einen großen Korb für das Frühstück sowie einen Ranzen aus rotem Kunststoff, auf dem der Kopf von Sandokan prangte. Sie pflegte die Dinge immer früher als notwendig zu tun, wenn sie ihr Spaß machten, und der Gedanke, einen Sohn zu haben, der zur Schule ging, hatte ihr damals Spaß gemacht. Doch dann hatte sie nicht daran gedacht, ihn anzumelden. Als sie später von Poveromo aus die Schule anrief, hatte sie erfahren, daß kein Platz mehr frei sei, infolgedessen mußte Carmine sich jetzt darum kümmern, eine andere Schule ausfindig zu machen, die wahrscheinlich keinen Park, keinen Kleinbus, kein Frühstück und kein Deutsch zu bieten hatte. An diesem Nachmittag schlenderte Carmine noch lange durch die Wohnung, duschte dann und trat, in ein Badetuch gewickelt, auf die glühende Terrasse hinaus, wo die Portiersfrau die Blumen gegossen, aber vergessen hatte, sich um die beiden Schildkröten zu kümmern, die infolgedessen eingegangen waren und nun von Ameisen bedeckt dalagen, die eine zwischen den Scherben eines Blumentopfes, die andere neben den Wasserbehältern. Er warf die beiden Kadaver fort und bestreute die Terrasse mit Insektenpulver. Dann rief er in der Via del Vantaggio an. Am Apparat war Angelica. Ja, er könne kommen. Ja, sie waren mit Isa Meli auf einem Campingplatz in Sardinien gewesen. Ja, es war schön. Recht schön. Aber sie hätten nach Sassari ins Krankenhaus gemußt, weil es Isa Meli schlecht gegangen war. Ach ja, aber was habe Isa Meli denn gehabt. Einen Infarkt. Mein Gott. Und wie ging es Isa Meli jetzt. Gut. Olga war da. Wer ist Olga, fragte er. Olga. Und wohnt diese Olga denn bei Isa Meli, fragte er weiter. Nein, hier. Isa Meli ist noch nicht hier, sie ist noch in Sassari im Krankenhaus. Aber wer ist Olga. Olga ist Olga. Nun gut.

Olga hatte eine dicke, plattgedrückte, aufgestülpte Nase, einen großen Mund, der immer halb offen stand, weiße, einzeln stehende Zähne und langes, braunes Haar, das ihr offen auf den Rücken fiel. Sie trug Fischerhosen, die bis zu den Knien aufgekrempelt waren, und ein grobes kariertes Hemd. Sie war es, die ihm die Tür öffnete, ihm eine magere, braune, männliche Hand entgegenstreckte und »Olga« sagte. Sie nahm die Tüte mit den Lebensmitteln, die er gekauft hatte, ein Brathuhn, Rahm und Pfirsiche, an sich und brachte alles in die Küche. Sie hatte einen leichten Gang, warf dabei die Haare zurück, und es war deutlich zu sehen, daß es ihr Freude machte, wenn man merkte, wie vertraut ihr dieses Haus inzwischen war, daß sie wußte, wo alles hingehörte, sofort Gläser und Messer fand und daß das Tischdecken für sie etwas Gewohntes war. Carmine hatte sich mit Ivana und Matteo Tramonti ins Wohnzimmer gesetzt und ließ sich vom Camping erzählen und davon, wie Isa Meli so krank geworden war, daß man sie nach Sassari ins Krankenhaus bringen mußte, und zwar in einem Auto, das Matteo Tramonti sich geliehen hatte, der zwar nicht mit ihnen zeltete, aber in der Nähe war, weil er mit einer Gruppe nach Sardinien gekommen war, um dort Konzerte zu geben. Olga hatten sie beim Camping kennengelernt, und sie war nicht mehr von ihrer Seite gewichen. Auch sie war nach Sassari mitgekommen und hatte mit ihnen in einem Motel abgewartet, bis es Isa Meli wieder besser ging. Sie hatten Isa Meli aber dort lassen müssen, weil sie einige Zeit fest im Krankenhaus liegen mußte, so waren ihre beiden Töchter bei ihr geblieben, und sie waren mit Daniele nach Rom zurückgekehrt. Jetzt sollte Isa Meli demnächst kommen, und Ivana hatte mit Olga gründlich die Wohnung geputzt, die Scheibengardinen an den Fenstern aufgehängt und das Nachthemd gebügelt, das schon ausgebreitet auf dem Bett lag, damit sie nach ihrer Ankunft sofort zu Bett gehen konnte. Carmine hörte ihnen zu, schaute sich um und freute sich, daß er wieder in diesem Zimmer und in diesem Sessel saß und den Stimmen der einzigen Freunde lauschte, die er auf dieser Welt besaß. Olga, mit der sie sich jetzt so verbunden fühlten, war ihm ein bißchen lästig, aber die Art, wie sie sich im Haus tummelte und ihr langes Haar hin- und herwarf, mißfiel ihm nicht. Dann setzten sich alle zu Tisch, aßen das Brathuhn, den Rahm und Frikadellen mit Tomaten, die Matteo Tramonti zubereitet hatte, Angelica machte sich Tomatenflecken auf den Rock, und Matteo Tramonti sagte, der Rock sei auch ohne die Tomaten sehr schmutzig gewesen, und fuhr fort: »Ein schmutziges Mädchen ist immev zu meiden.«

Olga war siebenundzwanzig Jahre alt. Sie war die Tochter eines bekannten Orchesterleiters, der steinreich war. Sie lebte bei ihren Eltern, bei einer Schwester, bei einer Freundin, die in der Via Salaria wohnte, oder auch bei einem Statistikstudenten, mit dem sie seit Jahren ein stürmisches Verhältnis hatte. Wie Matteo Tramonti suchte auch sie sich jeden Abend aus, wo sie am liebsten schlafen wollte. Zudem besaß sie eine eigene kleine, vollständig eingerichtete Wohnung in der Via dei Greci, aber dorthin ging sie nie, weil ihr, wer weiß warum, davor grauste. Dort lebten junge Leute ohne Geld, die sie kannte, und inzwischen herrschte dort das Chaos, und man trat überall auf Schlafsäcke. Trotzdem hatte sie sich dort ein Zimmer vorbehalten und darum gebeten, daß niemand dort schlafe. Ob man ihrem Wunsch nachgekommen war, wußte sie nicht. Sie hatte ein Kind von zwei Jahren, das ihre Schwester bei sich hatte, und sie liebte es wahnsinnig, so sagte sie, sah sich aber außerstande, sich um es zu kümmern. Das Kind hatte sie von dem Statistikstudenten. Sie schrieb und hatte auf eigene Kosten in einem Verlag in Catanzaro einen Band Gedichte veröffentlicht. Sein Titel war »Tigris und Pfade«. Es handelte sich um autobiographische Gedichte, auch der Statistikstudent kam darin vor. Das alles erzählte sie Carmine, als er sie mit seinem Minimorris nach Haus oder, richtiger, dorthin brachte, wo sie an diesem Abend zu schlafen beschlossen hatte. Sie hatte beschlossen, bei der Freundin in der Via Salaria zu schlafen.

Carmine fing mit Olga ein Verhältnis an, das zwei Monate dauerte und dann endete. Einige Zeit hatte er das Gefühl, sehr glücklich zu sein, er ging in seinem Gedächtnis alle Zeiten durch, in denen er glücklich gewesen war, in denen ihn dieses Glücksgefühl morgens geweckt hatte, wie ein heißer Strom überschwemmte und es den ganzen Tag keinen Augenblick gab, der nicht von diesem wohltuenden Wasser erfüllt und beglückt war, diesem Wasser, das so gut war, daß jeder Gedanke davon zehrte und sich darin wiegte. Ob dieser heiße Strom ihn jetzt wirklich überschwemmte oder ob es sich einfach um glückliche Erinnerungen an früher handelte, wußte er nicht genau. Als er Monate später an dieses Mädchen zurückdachte, kam es ihm wirklich sehr seltsam vor, daß er, wenn auch nur für einige Augenblicke, geglaubt hatte, daß sie sein Leben hätte verändern können. Sie trafen sich in ihrem Zimmer in der Via dei Greci, zu dem sie durch einen langen äußeren Laubengang gelangten, so daß es nicht nötig war, über die Fellsäcke zu steigen. Dann wanderten sie in endlosen Gesprächen durch Straßen, die ihm manchmal ganz sonderbar und, als hätte er sie noch nie gesehen, vorkamen und manchmal gefällig und entgegenkommend, dabei handelte es sich in Wirklichkeit um die Straßen, durch die er täglich ging und die er sonst monoton, feindselig und unwirtlich fand. Manchmal gingen sie zum Essen in die Via del Vantaggio, wobei er es sehr seltsam und beglückend fand, sie inmitten der anderen zu sehen und zuzuschauen, wie sie in den Zimmern umherging, die er seit vielen Jahren kannte, oder sie holten Angelica von der Schule ab oder gingen abends ins Theater des Flaminio-Viertels, wo sie Matteo Tramonti abholten und ihm zuhörten, wenn er sang und Gitarre spielte. Sie trug immer ihre Fischerhosen und ihr kariertes Hemd, doch als es kalt wurde, knotete sie einen Pullover um ihre Schultern, und wenn er später an diese Tage zurückdachte, rekonstruierte er, daß zur Zeit des Pullovers sich schon alles in nichts auflöste, zu etwas Nebensächlichem, Oberflächlichem wurde, zu einem vernachlässigenswerten, überflüssigen Detail.

Er hatte daran gedacht, mit ihr in einer Wohnung zu leben. Das kam ihm später so absurd vor, wie ihm die endlosen Gespräche, die sie geführt hatten, und seine Strenge ihr gegenüber absurd schienen. Denn er war streng mit ihr. Er veranlaßte sie, ihren

Sohn zu sich zu nehmen, und ihre tausend Angewohnheiten eines reichen jungen Mädchens, das streunend alterte, aufzugeben. Er begann auf ihren Lippen ein kleines kaltes Lächeln zu entdecken, und als dieses kleine kalte Lächeln immer häufiger die Antwort war, die er bekam, begriff er, daß seine eigene große Strenge sinnlos im Leeren verpuffte.

Ninetta war Ende September mit Ciaccia Oppi an den Lago Maggiore gegangen und hatte Evelina mit Dodò in Poveromo zurückgelassen. Dodò versäumte auf diese Weise zwar ein paar Tage Schule, aber Ninetta hatte beschlossen, daß er so lange wie möglich am Meer bleiben solle, weil ihm das guttat und so viel Spaß machte. Am Ende hatten sie ihn in der Schule von Nonnen angemeldet, die keinen Kleinbus, aber Frühstück und einen Park hatten. Die blaue, schwarz gebörtelte Kittelschürze war in dieser Schule nicht genehm, in der vielmehr weiße Schürzen getragen wurden, und Evelina rief Carmine von Poveromo aus an und sagte ihm, er möge in der Kaufhalle eine weiße Schürze kaufen, damit Dodò sie bei seiner Ankunft schon vorfand. Carmine ging in die Kaufhalle, erstand die Kittelschürze und hängte sie im Spielzimmer neben den Globus und die Rechenmaschine.

Ninetta traf, zusammen mit Ciaccia Oppi, im Flugzeug aus Mailand ein, und er fuhr zum

Flugplatz, um sie abzuholen, und nahm Ninetta abgemagert, braun geworden und mit einem, neuen weißen Mantel in Empfang. Am selben Morgen trafen kurz darauf auch Evelina, der Diener und Dodò ein. Nun mußte eine Köchin aufgetrieben werden oder besser das, was Ninetta eigensinnig als Köchin bezeichnete, obgleich sie von denen, die sie Köchinnen nannte, alles verlangte und ihnen nur zugestand, daß sie die Fenster nicht putzten, weil zum Fensterputzen der Diener heraufkam. Die Köchin wurde mit Hilfe von Ciaccia Oppi gefunden. Carmine überlegte, daß er Ninetta demnächst, wenn sie sich ausgeruht und die Koffer ausgepackt hätte und wenn die Hussen von den Sofas abgenommen worden wären, sagen wollte, er habe seit geraumer Zeit ein Mädchen und das erscheine ihm ganz und gar nicht unwichtig für ihn. Doch er neigte zum Aufschub, und die Koffer waren seit einigen Tagen ausgepackt, die Sofas ohne Hussen, die Wohnung von der Köchin gewienert und in Ordnung gebracht, und immer noch sagte er nichts. Jetzt war er es, der Ehebruch beging. Er dachte, daß er dabei sehr viel schlauer als sie war und besser heucheln konnte, denn äußerlich an seinem Körper und an seinem Gesicht war vermutlich nichts abzulesen. Als Ninetta noch abwesend war, hatte er gedacht, er werde nicht das geringste Schuldgefühl empfinden, und statt dessen empfand er, wenn Ninetta sich in ihrem grünen durchsichtigen Nachthemd neben ihn legte oder wenn sie sich morgens anzog, ihren schwarzen Pony kämmte oder sich zum Spiegel neigte und aufmerksam ihre Wangen, ihr Kinn und ihre Lippen betrachtete, ein starkes Schuldgefühl ihr gegenüber, das so stark und so kalt war, daß es ihm vorkam, als lasse es ihn erblassen. Er brachte Dodò zur Schule und schaute zu, wie er mit seinen dicken Beinen, der weißen Schürze, die unter seinem Mantel hervorkam, auf dem Rücken den roten Ranzen mit dem Gesicht von Sandokan in dem weiten Park der Schwestern verschwand. Dann dachte er an Olgas Kind, das er nie gesehen hatte, weil sie nicht wollte, daß er es sah, und zu sagen pflegte, sie werde es ihm später mal, aber nicht jetzt zeigen, und er stellte sich vor, daß sie alle in einem Haus leben würden, er, Olga, dieses Kind und Dodò.

Ninetta erfuhr durch Ciaccia Oppi von Olga. Ciaccia Oppi hatte tausend Ohren, und was Liebesverhältnisse anging, so blieb ihr nichts verborgen, weil solche Verhältnisse das einzige auf der Welt waren, was sie interessierte. Sie fand das Leben sehr langweilig, doch zum Glück gab es Liebesbeziehungen, die sich knüpften und wieder auflösten und damit in dem allgemeinen Grau Arabesken und Girlanden bildeten. Im übrigen hatte Carmine sein Verhältnis mit Olga nicht geheimgehalten, seit langer Zeit schlenderten sie zusammen durch die Stadt und aßen zusammen in Restaurants. Als Ninetta davon erfuhr, verhielt sie sich anders, als zu erwarten. In achtlosem Ton sagte sie zu Carmine, sie wisse, daß er ein Mädchen habe, und es mache ihr nichts aus. Es sei ein Mädchen, daß mit schmutzigen Hosen herumlaufe, in einem schmutzigen Regenmantel, mit derben Sandalen und scheußlichen Hüten. Es habe ein Kind, das es bei seiner Schwester abstelle und um das es sich nicht kümmern wolle. Carmine antwortete, das sei alles richtig bis auf den Regenmantel. Einen Regenmantel gab es nicht. Ninetta meinte, vielleicht sei es besser, sich zu trennen. Das heißt, nein, vielleicht sei es besser abzuwarten, bis Dodò sich daran gewöhnt hatte, in die Schule zu gehen. Carmine wandte ein, Dodò gehe sehr gern zur Schule. Ja, aber man könne nicht wissen. Carmine fand sie vollständig verändert, ihre Stimme war hart und trocken geworden, und auf ihren vollen milchweißen Wangen hatten sich zwei feine Furchen gebildet. Sie lächelte selten und nur, wenn viele Leute zugegen waren. Sie hatte sich in einer Malschule angemeldet. Sie bat Ciaccia Oppi, ihr ihre Mansarde zu vermieten, und ging jeden Morgen dorthin, um zu malen. Sie malte abstrakte Bilder mit dicken Farbklumpen und Flocken. Ein Maler, ein Freund von Ciaccia Oppi, sagte ihr, daß sie interessant seien. Auf dieses Wort baute sie Luftschlösser. Um den Haushalt kümmerte sie sich nicht, sagte aber der Köchin mit trockener Stimme eilig einige Bosheiten, ehe sie ausging. Im Verlauf eines Monats wechselten sie zwei- oder dreimal die Köchin. Dann kam eine, die alt und sanft, aber schmutzig war, und ihr gegenüber zeigte sich Ninetta recht nachsichtig. Mit Ciaccia Oppi stritt sie wütend über einen feuchten Fleck in der Mansarde, gleichwohl behielt sie das Zimmer, weil es ihr zusagte. Aber sie hatte jetzt einen anderen Freundeskreis und behauptete, sie sei Ciaccia Oppi leid. Evelina wurde nichts von Olga gesagt, und wenn sie Carmine sah, sagte sie, mit Ninetta bedürfe es einer großen Geduld, einer großen Vorsicht und eines starken Gleichgewichts, denn nur so könne man ihre Ehe wieder in Ordnung bringen.

Carmines Eltern schrieben und wollten kommen. Es war zwar nicht Ostern, doch Allerseelen. Aber sie wünschten zu kommen, und Carmines Mutter wollte sich von einem Arzt, einem guten Arzt untersuchen lassen, weil sie einen zu hohen Stickstoffgehalt im Blut hatte. Diesmal war es nicht möglich, ihnen zu sagen, sie sollten nicht kommen. Also kamen sie. Carmine, der sie zum Arzt begleiten und abends bei ihnen zu Hause sitzen mußte, hätte sie erwürgen können. Er liebte sie, aber er hätte sie am liebsten erwürgt. Ninetta hatte die Decke, die Carmines Mutter gestrickt hatte, aus dem Schrank geholt und über das Bett gebreitet. Evelina nahm die Decke zum Thema und sprach lange über sie, über die Weichheit der Wolle, den Rhombenstern und den wunderbaren Gegensatz zwischen dem Orange und dem Grün. Carmine hätte auch Evelina erwürgen können, ja, Evelina am allerliebsten. Dann wurden Dodòs Hefte bewundert, Dodòs Zeichnungen, die Weltkugel und die Rechenmaschine. Bewundert wurde auch der Goldfisch in seinem runden Glas. Ninetta war dauernd abwesend und kam nur zum Essen nach Hause. Carmines Eltern wurde rasch klar, daß Ninetta mit ihnen nicht mehr so wie früher war, verschwunden waren die schmatzenden Küsse, der Käse und die Früchte, die in entfernten Geschäften aufgestöbert worden waren, verschwunden ihr Lächeln. Natürlich gab es immer noch Evelinas Lächeln, aber es war ein bißchen müder, ein bißchen zerstreuter. Sie dachten, daß sich Ninetta nicht wohl fühle. Sie sagten Carmine, vielleicht strapaziere sich Ninetta zu sehr, vielleicht brauche sie mehr Ruhe. Die Tage vergingen, und sie spürten immer deutlicher, daß etwas geschehen war, etwas Geheimes und Trauriges, von dem man besser nicht sprach. Beim Essen saßen sie aufrecht am Tisch mit der großen Glasplatte neben dem baumelnden Präservativ, steckten kleine Brotstückchen in den Mund und schwiegen verlegen. Carmine liebte und haßte ihre Gesichter mit den dichten und feinen Runzeln, ihre langen, aufrechten und schrumpeligen Hälse, ihre schwarze Kleidung, ihr Schweigen, das Schweigen alter Leute, die begriffen haben. Schließlich reisten sie wieder ab. Sie an den Bahnhof zu bringen und in den Zug zu setzen, war für Carmine zugleich eine große Erleichterung und etwas herzzerreißend Trauriges.

Ninetta wollte die Decke nicht in den Schrank zurücklegen und ließ sie auf dem Bett. Sie sagte, im Grunde sei sie doch schön und warm und daß sie häßlich sei, mache ihr nichts aus. Sie meinte: »Man gewöhnt sich an alles.« Sie äußerte das mit tonloser Stimme und hob dabei die Schultern. Sobald Carmine seine Eltern an den Zug gebracht hatte, ging er in die Via dei Greci, wo Olga ihn erwartete. Er hatte den Wunsch, ihr von seinen Eltern zu erzählen, wie er sie in diesen Tagen geliebt und verabscheut hatte. Aber sie war zerstreut, und es gelang ihm nicht, ihr irgend etwas zu erzählen.

In den folgenden Monaten konnte Carmine nicht mehr genau rekonstruieren, wann er aufgehört hatte zu denken, er und Olga könnten vielleicht zusammen leben und wann genau das Glücksgefühl, der Wunsch nach dem Glück oder die Erinnerung an das Glück ihn endgültig verlassen hatte und an welchem Tag und in welchem Augenblick er das bemerkt hatte. Olga fing einfach an, ihn immer häufiger im Büro anzurufen, um ihre Verabredungen rückgängig zu machen. Sie müsse sich mit dem Statistikstudenten treffen, weil er deprimiert war. Sie müsse sich mit ihrer Schwester treffen, mit ihr zu einem Notar gehen, bestimmte Papiere unterschreiben. Sie müsse mit jungen Leuten, die sie kennengelernt hatte und die so unterhaltend waren, ins Kino gehen. Er begann, sie auszufragen, bekam aber nur ein Lächeln zur Antwort. Ein kleines, verklemmtes, kaltes Lächeln. Ihre Haare schnellten rasch und weich nach hinten, ihre Augen schauten anderswohin. Schließlich sagte sie ihm, daß sie einen anderen habe, daß sie seiner überdrüssig geworden sei. Er wollte wissen, wer es sei. Niemand, antwortete sie, ein Junge. Seit einiger Zeit hatte sie ein gewaltiges Bedürfnis, mit einem Jungen zusammenzusein, mit einem, der vielleicht schwer am Leben trug, es aber leichtnahm. Er dagegen sei groß, streng, gewichtig, habe ein gewichtiges Leben und zwinge auch sie zu solcher Gewichtigkeit. Er verurteilte sie streng, weil sie ihr Kind nicht bei sich hatte. Er mißbilligte sie. Nun gut, sie ertrug diese Mißbilligung nicht. Sie wollte als das genommen werden, was sie war. Er erklärte ihr, daß er, auch wenn er streng mit ihr spreche, ihr damit doch keinen Funken seiner mitfühlenden Aufmerksamkeit vorenthalte. Ja, antwortete sie, aber sie wolle doch mehr als das genommen werden, was sie sei. Im Grund handele es sich jedoch gar nicht so sehr darum, es gefiel ihr einfach ein Junge, außerdem hatte sie nie lange Geschichten. Vielleicht gehe sie mit diesem Jungen für einige Zeit fort, zum Beispiel ans Meer oder anderswohin. Er müsse aufhören, an sie zu denken. Es sei aus.

Damit begann für Carmine eine Zeit, in der er viel arbeitete, da er sich darangemacht hatte, ein Buch zu schreiben, das er schon lange im Sinn hatte, ein Buch über die Randgebiete in den modernen Städten. Er arbeitete entweder in seinem Büro in der Via della Vite oder manchmal auch zu Hause im Wohnzimmer neben der Seidenraupe. Das Glück war für ihn in diesen Monaten etwas Unkörperliches, Undeutliches gewesen, etwas, das vielleicht aus dem Bereich der Schatten und Erinnerungen aufstieg, etwas, dem er den Namen Glück gegeben hatte, weil er es über sich emporheben und wie eine Fahne schwenken wollte. Das Unglücklichsein dagegen war etwas Wirkliches und hatte nichts mit Schatten und Erinnerungen zu tun, es beherrschte seine Existenz, als sei es nie von ihr gewichen. Morgens stand er beizeiten auf, vom Gefühl des Unglücklichseins geweckt, als wälze es ganze Wälder und Gebirge auf seinen ausgestreckten Körper. Er ging in die Küche und machte sich einen Kaffee. Dort saß die alte sanfte Köchin, den grauen Zopf noch halb aufgelöst auf dem Rücken hängend, und erzählte ihm etwas über das Wetter, die Zentralheizung, den Spengler oder Dodò. Er antwortete mühsam mit leiser Stimme. Er sprach jetzt sehr wenig und leise, weil es ihn große Mühe kostete, seine Stimme zu erheben, sie unter den Wäldern und Bergen, die sie verschüttet hatten, auszugraben. Eines Abends sagte er mit sehr leiser Stimme zu Ninetta, mit dem berüchtigten Mädchen, von dem sie gehört hatte, sei alles aus. Ninetta antwortete darauf nichts. Sie bemerkte nur, er spreche jetzt immer so leise, als sei jemand im Haus gestorben. Immer noch mit leiser Stimme erwiderte Carmine, er wolle versuchen, lauter zu sprechen. Er versuchte, langsam und mühselig mit Dodò zu sprechen, wenn er ihn zur Schule brachte oder wenn er abends im Spielzimmer neben dem roten Tischchen saß und darauf wartete, daß Dodò seinen Grießbrei zu Ende aß. Wesentlich war es, so dachte er, die Orte zu meiden, die verpestet waren. Und verpestet waren die Orte, an denen er, wenn auch auf schillernde und ungewisse Art, geglaubt hatte, daß dieses Mädchen in seinem Leben nicht etwas Nebensächliches darstellte, über das man einfach hinweggehen konnte. Nun gab es in der Stadt zwar sehr viele verpestete Orte, einige von ihnen aber waren besonders unerträglich. Ein Nein dem Restaurant unter seinem Büro. Ein Nein dem Café unter seinem Büro. Ein Nein auch Ivanas Wohnung. Dann sagte er sich jedoch, daß das alles Unsinn sei, denn wenn er die Cafés und Restaurants mied, so konnte er doch die Straßen nicht meiden, die hier in der Stadt fast alle krank waren, angesteckt von Erinnerungen, nur so wimmelnd und kribbelnd von verlorenen Augenblicken. Ivana sagte ihm, er solle für ein Weilchen fortfahren und eine Reise machen. Gewöhnlich war sie nicht sanft und geduldig mit jemandem, der unglücklich war, und pflegte zu sagen, jeder müsse sein Gefühl des Unglücklichseins hart anpacken, es ausreißen und unter seinen Füßen zertreten. Mit ihm war sie diesmal aber vorsichtig, leise und sanft. Doch er wollte nicht verreisen und sich keinen Millimeter von der Stelle rühren, an der er sich befand, er wollte sich an dem Buch festhalten, das er begonnen hatte. Ivana und Matteo Tramonti kamen ihn in seinem Büro abholen und gingen mit ihm nicht in das Restaurant darunter, sondern in ein anderes an der Ecke, das er früher nur selten aufgesucht hatte. Matteo Tramonti sagte ihm, dieses Mädchen sei keine »Liva« wert, und er habe das sofort vom ersten Mal an begriffen, als er sie gesehen hatte. Alle waren auf sie hereingefallen, Ivana, Angelica, Isa Meli, die Töchter von Isa Meli und sogar Daniele. Sie verkehrten mit ihr, als sollten sie sich nie wieder von ihr trennen. Alle waren sie auf sie hereingefallen. Ivana sagte, sie sei ein entsetzlich neurotisches Mädchen, das im Grund vielleicht nicht schlecht sei. Aber auf diesen Grund, unterbrach sie Matteo Tramonti, da komm du erst mal. Im Grund nicht schlecht seien schließlich vielleicht alle Menschen oder, wenn schon nicht alle, dann doch fast alle. »Tigvis und Pfade«, sagte er, »wie bvingt man es nuv fevtig, Gedichte mit einem so dämlichen Titel zu vevöffentlichen. Tigvis und Pfade.« In der Via del Vantaggio hatte Olga sich nicht mehr blicken lassen. Einmal hatte sie Ivana angerufen, um nach einer Jacke zu fragen, die sie Angelica geliehen hatte und die sie nun zurückhaben wollte. »Siehst du wohl«, sagte Matteo Tramonti, »geizig ist sie also auch.« Angelica hatte die Jacke zur Portiersloge im Haus der Schwester gebracht und war am Eingang Olga, der Schwester und dem Kind begegnet. Ein schönes Kind. Olga hatte nur »ciao« gesagt, nicht einmal danke und hatte sich sofort mit langen Schritten entfernt, wobei sie in ihren Sandalen schlurfte und den Pullover um die Schultern geknotet hatte. »Wenn man dabei davan denkt«, warf Matteo Tramonti ein, »daß sie so lange zu uns kam und aß und tvank, als wäve es ihv Zuhause und ihv Essen, als wäve alles ihv.«

Ivana sagte zu Carmine, die Geschichte mit den verpesteten Orten solle er seinlassen. Man müsse, so äußerte sie, den Teufel von solchen Orten vertreiben. Sie selbst habe, fuhr sie fort, nach dem Tod von Amos den Teufel von etlichen Punkten der Stadt vertreiben müssen, wo sie mit ihm entlanggeschlendert sei oder sich mit ihm getroffen habe. Dieses Mädchen, da habe Matteo Tramonti im Grund recht, tauge wirklich nicht viel. Er, Carmine, habe sie erfunden, da es für ihn eine absolute Notwendigkeit darstellte, sich ein Mädchen zu erfinden und ihm den Platz im Zentrum seiner Existenz einzuräumen. So fing Carmine wieder an, abends in dem Sessel in der Via del Vantaggio zu sitzen, auf die Dächer, die Brücke, die Biegung des Flusses und die Autos zu schauen, die dicht bei dicht in der Allee parkten. Er fing wieder an, mit Ivana und Angelica in das Theater des Flaminio-Viertels zu gehen, wo Matteo Tramonti und sein Freund Giuliano Grimaglia fast jeden Abend spielten und sangen. Immer waren viele Leute dort. Manchmal war auch die dicke Anwältin da, die ihr Hinkebein auf einen Schemel gelegt hatte. Es gab Holzbänke, hölzerne Treppenstufen und auf der Bühne ein Gerüst aus schwarzen Rohren, das früher einmal für eine Komödie aufgestellt worden und dageblieben war. Dann hörte Carmine auf, immer zu schweigen, hörte auf, es mühsam zu finden, seine Stimme zu erheben, hörte auf, in der Stadt bestimmte Straßen und Orte zu meiden. Obgleich ihm das manchmal unmöglich erschienen war, hörte er auf, an Olga zu denken, und wenn es doch vorkam, daß er an sie dachte, dann trat ihr Bild in seine Gedanken und verschwand wieder daraus, wie es tausend andere auch taten. Er begann von neuem an Ninetta zu denken, ohne Liebe, aber mit einer Art melancho-

lischer und minutiöser Neugierde. Manchmal kam es zwischen ihm und Ninetta zu kleinen Streitigkeiten, die scharf, aber frei von Zorn waren, ihre Stimmen blieben dabei ruhig, und in einem Nebenzimmer hätte niemand gemerkt, daß sie stritten, es klang, als ob sie sich unterhielten. Diese Streitereien entzündeten sich an schieren Kleinigkeiten, am Spengler, der Zentralheizung, der Köchin, und erloschen, wie sie entstanden waren, er vergaß sie sofort und bewahrte davon im Lauf des Tages nur ein allgemeines Gefühl des Unbehagens, von dem er nicht mehr wußte, woher es kam. Es kam vor, daß sie lange Stunden großer Ruhe miteinander verbrachten. Sie lag mit zerzaustem Pony auf dem Sofa, er saß daneben, und er war, während Dodò ihm zuschaute, ganz darein vertieft, mit einem Pinsel und Tusche Autos, Motorräder, Verkehrsampeln und dazwischen zerstreut überall Menschen auf ein Blatt Papier zu malen, weil Dodò eine Zeichnung mit dem Titel »Mein Wohnviertel« in der Schule abliefern sollte.
Diese so ruhigen Stunden erzeugten indessen keine wirkliche innere Stille, so wie die Streitigkeiten keinen wirklichen Zorn erzeugten. Die alte sanfte Köchin kündigte, weil sie zu müde sei, und es kam eine andere, von der Ninetta behauptete, sie sei noch schmutziger, und mit der sie häufig stritt. In Dodòs Schule fand eine Aufführung der Kinder statt, und Carmine, Ninetta und Evelina mit einem

riesigem schwarzen Hut gingen hin. Sie verbrachten zwei Stunden damit, Dodò als napoleonischen Offizier verkleidet mit einem roten Mantel und einer riesigen Trommel reglos in einer Ecke neben dem Vorhang stehen zu sehen. Ninetta sagte zu Carmine, da sie abends nie zur selben Zeit nach Hause kämen und immer einer den anderen weckte, wenn er nach Hause kam, sei es besser, er zöge in einen Raum neben dem Spielzimmer um, den sie nur selten benutzt hatten und der als Eßzimmer diente, wenn sie viele Leute eingeladen hatten, weil er mit einer großen Kredenz ausgestattet war, die Ninetta allerdings nicht gefiel. In diesen Raum ließ sie eine Couch und einen Schrank bringen und sagte, sie werde demnächst die Kredenz an einer anderen Stelle der Wohnung unterbringen, damit der Raum wie ein Schlafzimmer aussehe. Gleichwohl blieb die Kredenz dort stehen, denn die richtige Stelle für sie wurde nicht in der Wohnung gefunden, und außerdem kam es Carmine gar nicht so sonderbar vor, daß in dem Zimmer, in dem er schlafen sollte, eine große Kredenz aus schwarzem Ebenholz mit Intarsien stand, voll von Porzellan und Gläsern, die klirrten, wenn auf der Straße die Autobusse vorbeifuhren. Das Ganze war übrigens ein Provisorium, und beide dachten daran, sich früher oder später zu trennen. Als es heiß wurde, fragte Evelina Ninetta, wohin sie in die Sommerfrische zu gehen gedenke, aber bei dem Wort »Sommerfrische« machte Ninetta ein zerstreutes Gesicht, und zum Schluß wurde klar, daß sie nichts davon wissen wollte, ein Haus zu mieten, es sei denn, ihre Mutter täte das und ginge mit Dodò dorthin. Doch Evelina hatte ihren Diener nicht mehr, der fortgegangen war, um als Lagerist zu arbeiten, sie hatte jetzt nur noch eine Zugehfrau und kochte sich abends selbst. Ihre kleine Tochter Mariolina hatte sie auf eine Schule nach England geschickt. So wollte auch sie nichts von gemieteten Häusern wissen und sagte, besser als alles andere seien Hotels, aber sie könne in diesem Sommer nicht fort aus Rom, denn sie habe Handwerker im Haus, infolgedessen werde ihre Sommerfrische darin bestehen, sich jeden Vormittag in einem Mietwagen nach Fregene fahren zu lassen, während die Zugehfrau die Handwerker beaufsichtigte.

»Es ist eine Qual«, sagte Angelica. »Was ist eine Qual?« fragte Carmine. »Hier zu sitzen.« Sie saßen immer noch in dem Café, obgleich Dodò endgültig aufgehört hatte, seinen Zigeunerbecher zu essen und verschreckt die Leute an den anderen Tischen betrachtete und obgleich Daniele zwischen den Tischen umherstrich und es Abend zu werden begann. »Es ist eine Qual, hier zu sitzen«, wiederholte Angelica. »Wo möchtest du denn lieber sein?« fragte Carmine. »Ich weiß es nicht, aber nicht hier.« »Das passiert mir auch oft«, meinte Carmine, »ich fühle mich dort nicht wohl, wo ich bin, aber ich wüßte um alles in der Welt nicht, wo ich lieber sein wollte und vor allem mit wem.« »Ich habe nicht die geringste Lust, nach Hause zu gehen«, mischte Ivana sich ein. »Ich würde gern heute abend mit euch essen«, schlug Carmine vor. »Ich hoffe, im Restaurant«, äußerte Angelica, »denn zu Hause ist nichts zu essen da.« »Ich habe Signora Tattoli zum Essen eingeladen«, erklärte Ivana. »Deswegen muß ich nach Hause zurück, denn sie wird demnächst bei mir auftauchen.« »Und wer ist Signora Tattoli?« wollte Carmine wissen. »Die, die im Stockwerk über uns wohnt. Sie ist die Hausbesitzerin.« »Und warum hast du sie zum Essen eingeladen«, fragte Angelica, »wo doch nichts zu essen da ist?« »Es ist doch noch Reissalat da«, wandte Ivana ein. »Aber nur wenig«, bemerkte Angelica, »und außerdem ist er von gestern, und man sieht ihm an, daß er von gestern ist, Resten sieht man immer an, daß sie Reste sind.« »Wir könnten ja mitkommen«, schlug Carmine vor. »Ich weiß nicht, unsere Hausbesitzerin ist nicht sehr amüsant«, gab Ivana zu bedenken. »Ich bin nicht darauf aus, mich zu amüsieren«, erklärte Carmine. »Ich kann ein Brathuhn besorgen und zu euch hinaufkommen. Dodò könnt ihr ein Trinkei geben.« »Er kriegt doch Grießbrei. Kriegt er etwa keinen Grießbrei mehr?« wandte Angelica ein. »Nein. Nicht mehr«, erklärte Dodò, »jetzt will ich immer haardünne Spaghetti mit Butter.« »Wir haben keine haardünnen Spaghetti«, entgegnete Angelica. »Wir haben nur Haare«, sagte Carmine und strich Angelicas Strähne auf die Stirn, so daß für einen Augenblick ihr verborgenes Auge sichtbar wurde. »Aber warum muß die Hausbesitzerin denn eingeladen werden?« fragte er. »Weil ich ihr heute früh auf der Treppe begegnet bin, ich war mit Isa Meli zusammen, und die Hausbesitzerin sagte, sie möchte wissen, wie man ein Strickmuster macht, das von Isa Melis Pullover.« »Das Strickmuster kannst du ja gar nicht, das kann nur Isa Meli, es wäre deshalb besser gewesen, sie mit Isa Meli zum Abendessen einzuladen«, warf Angelica ihr vor. »Ich habe Isa Meli auch eingeladen, in Wirklichkeit wollen wir, Isa und ich, sie bitten, unsere Mietverträge zu verlängern, weil wir beide Angst vor der Mietanpassung haben. Wenn die Mietanpassung kommt, kann sie uns die Miete weit heraufsetzen oder uns rausschmeißen.« »Aber mit ein bißchen Reissalat kannst du dich doch nicht vor der Mietanpassung schützen«, wandte Carmine ein. »Jedenfalls kommen wir nicht mit, die Hausbesitzerin und Isa Meli, das wären zu viele.« »Da ist Olga«, unterbrach ihn Angelica, »da drüben. Sie sitzt auf der Stufe unter dem Denkmal. Sie ißt eine Banane. Sie hat einen Hund bei sich. Was für ein riesiger Hund.

Er sieht aus wie ein Bär.« »Bären und Pfade«, sagte Carmine, »es ist sonderbar, aber ich mache mir nichts mehr aus ihr, überhaupt nichts mehr.« Olga stand auf, schlenderte an ihrem Tisch vorüber, sagte »ciao«, ging weiter und zerrte den Hund hinter sich her. »Sie kann nur ›ciao‹ sagen«, meinte Angelica. »Sie war dauernd bei uns zu Hause, sie kam morgens, klingelte laut, als hätte sie uns etwas Wichtiges zu berichten, und dann war gar nichts, sie tat nichts, sagte nicht viel, probierte unsere Kleider an, wusch sich die Haare, frühstückte Brot und Marmelade, setzte sich auf den Teppich, legte eine Patience. Das war alles. Aber sie war immer da. Und jetzt grüßt sie kaum noch.« »Sie ist ein Mädchen, das dauernd auf der Suche nach Orten ist, wo sie bleiben kann«, erklärte Ivana. »Und vor allem sucht sie Mütter, Väter und Geschwister. Dann wird sie es leid, die, die sie gefunden hat, scheinen ihr nicht die richtigen zu sein, sie hat das Gefühl, an einen verkehrten Ort geraten zu sein, und wechselt den Schauplatz.« »Ich glaube, sie hat in mir einen Vater gesehen«, sagte Carmine, »aber sie fand mich einen zu strengen Vater.« »Oder vielleicht einen zu schwachen«, wandte Ivana ein. »Ich weiß es nicht«, antwortete Carmine, »jedenfalls mache ich mir jetzt nichts mehr aus ihr, überhaupt nichts.« »Vor langer Zeit, als ihr, du und meine Mutter, noch zusammen wart«, sagte Angelica, »habt ihr euch – das habt ihr mir erzählt –

viel gestritten, aber jetzt streitet ihr euch nicht mehr, ihr plaudert und vertragt euch recht gut. Und du bist immer bei uns zu Hause, ein bißchen wie früher Olga. Du klingelst zwar nicht morgens früh, aber du kommst ständig. Als ihr zusammenlebtet und das kleine Mädchen hattet, das gestorben ist, strittet ihr euch, und jetzt tut ihr das nicht mehr. Vielleicht hättet ihr zusammenbleiben sollen und hättet dann schließlich aufgehört zu streiten und hättet die Gewohnheit angenommen, ruhig miteinander zu plaudern.« »Das glaube ich nicht«, antwortete Ivana. »Ich glaube es auch nicht«, bestätigte Carmine. »Es war jedoch nicht wegen des Streitens, daß wir uns getrennt haben«, fuhr Ivana fort. »Ja, warum denn sonst?« fragte Angelica. »Ich weiß es nicht mehr, es ist so lange her«, antwortete Ivana.

Carmine hatte seine Meinung geändert und beschlossen, mit ihnen zu essen, auch wenn diese Signora Tattoli da war. Er besorgte ein Brathuhn, Rahm und Wein, und sie gingen hinauf. Carmine setzte sich in den Lehnstuhl, während Angelica deckte und Isa Meli – allerdings ebenfalls übriggebliebene – Bohnen schnippelte, weil der Reissalat nicht nur ein Rest, sondern ein kümmerlicher Rest war. Angelica sagte zu Carmine, es sei eine Schande, daß er nur so dasitze, ohne etwas zu tun, und er antwortete, er fühle sich müde und nicht besonders wohl, als hätte er einen Reif um den

Kopf. Dodò war in einer Ecke des Sofas eingeschlafen, und Daniele hatten sie ans Schälen von eiskalten, ebenfalls übriggebliebenen Kartoffeln gesetzt, die Isa Meli noch hatte und von denen sie sagte, man könne sie nochmal in Butter schwenken. Dann kam Signora Tattoli, eine alte Dame mit rot gefärbtem Haar, und unvorhergesehen erschien auch Matteo Tramonti, den Signora Tattoli zu spielen bat, da sie eine Leidenschaft für das Gitarrenspiel hatte und ihn einmal im Theater des Flaminio-Viertels hatte spielen hören, wo allerdings, wie sie sagte, die Bänke unbequem, eng und hart waren. Matteo Tramonti spielte und sang. Signora Tattoli ging schon früh, kurz nach dem Essen, und Angelica machte darauf aufmerksam, daß Isa Meli ihr zwar das Strickmuster gezeigt, daß aber niemand von den Mietverträgen gesprochen hatte. Tatsächlich hatte Ivana darauf gewartet, daß Isa Meli davon spräche, und Isa Meli hatte gewartet, daß Ivana es tue, und erst im letzten Augenblick, als Signora Tattoli den Fuß schon auf den Schuhabstreifer setzte, hatte Ivana den Wunsch geäußert, in dieser Wohnung zu sterben, einen Wunsch, über den Signora Tattoli einfach gelächelt hatte. Carmine sagte, er sei sehr müde, auch er wolle gehen, es tue ihm nur leid, Dodò zu wecken, der im Nebenzimmer auf Angelicas Bett so gut schlief. Er blieb noch ein bißchen und betrachete sie alle ein bißchen, Ivana, Angelica mit der baumelnden Haarsträhne am Tisch und Matteo Tramonti, der mit gekreuzten Beinen, seiner Gitarre und seinem leichten Bart auf dem Teppich saß.

Als sie vor dem Haustor angekommen waren, er und Dodò, merkte er, daß er keine Lust hatte, den Rolladen der Garage zu öffnen, wie er es jeden Abend tat, und verzichtete darauf. Er ließ den Wagen einfach auf der Allee stehen. Es empfing sie das Au-pair-Mädchen im Baby-Doll-Kleid, Dodò wurde schlafen gelegt, und er ging in dem Zimmer mit der Kredenz zu Bett. Er verbrachte eine qualvolle Nacht, in der er die Kredenz haßte, die im Halbdunkel sichtbar war und ab und zu von den Scheinwerfern vorbeifahrender Autos beleuchtet wurde, weil der Fensterladen nicht richtig schloß. Er haßte das Hüpfen und Klirren des Geschirrs beim Vorüberfahren der Autobusse, er haßte die Sätze des Liedes, das Matteo Tramonti am Abend gesungen hatte und von dem nun Fetzen in seiner Erinnerung auftauchten und gegen seine Schläfrigkeit ankämpften. »Mit Blut beschmutzten sie Höfe und Tore/ Wer weiß, bis wann sie wieder gereinigt sind.« Er konnte nicht in das eheliche Schlafzimmer umziehen, das dunkler und stiller war, weil Ninetta, ehe sie nach Venedig fuhr, die Maler bestellt hatte, um die Wände zu weißeln, und der Fußboden noch mit Zeitungen, das Bett ohne Matratzen mit Zeitungen und Hussen belegt waren. »Genossen, auf Feldern und in Fabriken, / greift zur Sichel, greift zum Hammer«, hieß es weiter in dem Lied, dem auch er von den, wie Signora Tattoli zu Recht gesagt hatte, reichlich unbequemen und engen Bänken aus gelauscht hatte, als Matteo Tramonti und sein Freund Giuliano Grimaglia es im Theater des Flaminio-Viertels sangen. Das Lied hieß »Contessa« und war die Geschichte eines Streiks. Matteo Tramonti liebte es, Carmine zog andere vor, an die sich zu erinnern ihm aber in dieser Nacht nicht gelang. Es überfiel ihn ein brennendes Heimweh nach den in diesem Theater verbrachten Abenden, nach seinen unbequemen Bänken und den staubigen mit rotem Tuch verkleideten Brettern, und es kam ihm vor, als seien diese und andere Abende, die er mit Matteo Tramonti und Ivana auf den Straßen, in den Cafés und auf den Plätzen verbracht hatte, in einer fernen Vergangenheit versunken. Die ganze Nacht hatte er gegen Fetzen von Liedern, Lichtblitze und das Klirren der Gläser angekämpft und war schließlich schweißgebadet und am Ende seiner Kräfte. Endlich wurde es Morgen, er öffnete die Fensterläden und sagte dem Au-pair-Mädchen, dem er auf dem Gang begegnete, er habe das Gefühl, Fieber zu haben. Imposant, lächelnd und beruhigend erschien Evelina, man brachte ihm Tee, machte sein Bett und rief den Doktor.

Danach kam ihm alles einfacher und ein bißchen besser als in der Nacht mit den Lichtblitzen, dem

Lied »Contessa« und dem Klirren vor. Er hatte Fieber, der Arzt sagte, er nehme an, daß er eine Virusinfektion habe, wisse aber noch nicht genau, um was es sich handele. Carmine lag müde und ruhig da, man brachte ihm Mineralwasser und die Zeitungen, das Au-pair-Mädchen kam, um sich bei ihm zu verabschieden, weil es in einen Italienischkurs ging, dann kam die Portiersfrau, und Evelina fuhr, wie jeden Morgen, mit Dodò nach Fregene.

Er rief Ivana an, erreichte aber niemanden, und rief daraufhin Isa Meli an, die ihm sagte, Ivana und Angelica seien mit Matteo Tramonti und dessen Freund Giuliano Grimaglia aufs Land nach Farfa gefahren, um dort einige Tage in einem Haus der dicken Rechtsanwältin zu verbringen, das kein Telefon hatte und hoch oben auf einem Hügel thronte. Sie hätten das am Abend zuvor, kurz nachdem er fortgegangen war, beschlossen. Er fühlte sich sehr einsam. Er sagte zu Isa Meli, er sei krank, und sie erinnerte sich ausführlich an ihren eigenen Infarkt in Sardinien, als sie geglaubt hatte, sterben zu müssen, und erbot sich, ihm Gesellschaft zu leisten, aber er bedankte sich und sagte, das sei nicht nötig. Sie sprachen kurz über Ivana, Signora Tattoli und den Mietvertrag und dann noch einmal über das Haus von Matteo Tramontis Mutter in Farfa mit seinem herrlichen Blick über das ganze Tal.

Da er am Abend hohes Fieber hatte, quartierten sie ihn in das eheliche Schlafzimmer um, das man wieder in Ordnung gebracht hatte und das bis auf einen leichten Geruch nach frischer Farbe wie immer war. Einige Tage blieb er allein, und hin und wieder erschien Evelina, das Au-pair-Mädchen oder die Portiersfrau, dann traf Ninetta ein, und das Zimmer füllte sich mit Ninettas Koffern und ihren Kleidern. »War es schön in Venedig?« fragte er mit einer Stimme, die wegen des Fiebers und weil er so lange geschwiegen hatte, leicht belegt klang. Ninetta machte mit dem Kinn eine zustimmende Bewegung und fuhr fort, ihre Kleider auf Bügel zu hängen und das zusammengeknüllte Seidenpapier aus den Schuhen zu ziehen. Sie war nervös und schien vollkommen unvorbereitet auf die Begegnung mit einer Krankheit zu sein. Sie trug das Telefon ins Wohnzimmer und verließ dauernd das Schlafzimmer, um zu telefonieren. Der Arzt sagte auch zu Ninetta, er verstehe nicht genau, um was es sich handele, es seien einige Untersuchungen nötig, es scheine aber nichts Schlimmes zu sein, bis auf das Fieber gebe es keine besonderen Symptome, er klage nicht über Schmerzen, nur über einen Reif um den Kopf und das Gefühl der Beengung beim Atmen. Plötzlich erschrak Ninetta ein bißchen, in ihren Augen zeichnete sich Verwirrung ab. Weitere Tage vergingen, und es war alles so wie damals, als er Lungenentzündung gehabt hatte, Ninettas roter Schal über der Lampe, das weiße Tuch auf der Kommode, wo Medizinen und Spritzen lagen, Ninetta, die sich mit ihrer schmalen, zerbrechlichen Gestalt im Zimmer zu schaffen machte, Evelina, die mit einem Taschentüchlein in der Hand aufrecht neben dem Bett saß. Nur daß jetzt alles eine andere Wendung zu nehmen schien. Der Arzt sagte, es empfehle sich, Carmine in eine Klinik zu bringen. Ninetta und Evelina brachten ihn mit dem Minimorris dorthin. Am Fenster der Klinik gab es gelbe Vorhänge mit schwarzen Rhomben, und wenige Augenblicke, nachdem er sich ins Bett gelegt hatte, wurde ihm klar, daß diese schwarzen Rhomben das einzige blieben, an dem sich seine Augen erlaben und an dem sie entlangwandern konnten. Er machte sich klar, daß er seit einer Woche krank war, denn es war Sonntag, und nur eine Woche trennte ihn von dem Tag, an dem er mit Ivana, Angelica und den Jungen ins Kino gegangen war, wo sie den Film »Abgrund« mit den Milliardären und den Raubfischen gesehen hatten und, nachdem sie aus dem Kino gekommen waren, sich in jenes Straßencafé gesetzt hatten, und dann hatte es noch das Abendessen gegeben, die Signora Tattoli und das Lied »Contessa«.

Dann kamen Ivana und Matteo Tramonti. Sie waren gerade aus Farfa zurückgekehrt, wo sie gekocht, Pilze gesammelt, Sonnenbäder genommen und zusammen mit Giuliano Grimaglia ein Filmexposé geschrieben hatten. Sie erzählten ihm dessen Handlung, die Carmine langwierig und langweilig fand, ohne Ordnung und überfrachtet, und deshalb nach kurzem aufhörte zuzuhören. Ivana hatte ihr übliches blaues T-Shirt an, das schon zu oft gewaschen und darum verblichen war. Ihr Haar hatte sie nicht oben auf dem Kopf zusammengezwirbelt, es hing vielmehr in einem kleinen, zerzausten und kurzen Pferdeschwanz herab, und während sie sprach, spielte sie mit diesem Haar. Matteo Tramonti erklärte, mit diesem Exposé würden sie viel Geld verdienen. »Findest du nicht, daß es ein tolles Exposé ist?« Carmine lächelte zerstreut. Unversehens entdeckte er, daß Ivana aufgehört hatte zu sprechen und ihn mit verängstigten Augen ansah, während Matteo Tramonti sich weiter über diese Geschichte von Drogen, Diamanten, Flugplätzen und Blut erging. Als Carmine Ivana mit ihren verängstigten Augen sah, empfand er den Wunsch, sie aufzuheitern, und begann seinerseits mit Matteo Tramonti über die Verwicklungen des Exposés zu reden.

Am nächsten Tag kam Ivana allein. Sie blieb den ganzen Nachmittag bei ihm, und sie waren allein, denn Ivana hatte zu Ninetta gesagt, sie solle ruhig fortgehen und sich zu Hause ausruhen. Sie fragte Carmine, ob er sich an den Nachmittag, an dem sie ins Kino gegangen waren, um den Film »Abgrund« zu sehen, schon schlecht gefühlt und warum er ihr nichts davon gesagt habe. Er antwortete, damals habe er sich nicht besonders schlecht gefühlt, er hatte nur ein bißchen Kopfweh und war müde, das habe er zu Angelica gesagt, die wütend gewesen sei, weil er ihr nicht beim Tischdecken geholfen hatte. Sie hätten sich an jenem Sonntag im Café doch so geruhsam unterhalten. Er sagte, jetzt komme ihm jener Sonntag als ein besonders glücklicher Tag vor, und doch habe er das damals nicht bemerkt, denn es sei ja auch nichts besonders Schönes daran, ins Kino zu gehen und einen scheußlichen Film anzuschauen, und ebenso wenig daran, sich in ein Straßencafé zu setzen, Eis zu bestellen und darauf zu warten, daß es Abend werde. Jetzt empfinde er eine verzehrende Sehnsucht nach diesem Tag. Und doch hatten sie damals ein bißchen gelangweilt in diesem Café gesessen und gedacht, Tage wie diese hätten sie schon tausendfach erlebt, und das hatten sie auch, denn es gebe ja nichts Dümmeres und Einfacheres, als sich für ein paar Stunden an den Tisch in einem Café zu setzen. Dann schwiegen sie ein Weilchen, sie spielte mit ihrem Haar, das wieder in einem zerzausten Pferdeschwanz herunterhing. Plötzlich fragte er: »Erinnerst du dich an das Kind?« Er wollte wissen, ob sie manchmal auf den Friedhof gehe. Sie antwortete: »Nein. Friedhöfe hasse ich.«

Und er lachte und sagte: »Auch ich hasse sie.« Sie meinte, sie sehe keinen Zusammenhang zwischen dem Friedhof und dem kleinen Mädchen und auch keinen zwischen dem Friedhof und Amos Elia und sie habe das Gefühl, die Toten hielten sich von den Friedhöfen fern, haßten sie vielleicht ihrerseits und suchten andere Orte auf, vielleicht jeden Tag einen anderen. Es sei ihr niemals in den Sinn gekommen, auf den Friedhof von Fontechiusa zu gehen, auf dem Amos Elia begraben war, dagegen habe sie manchmal Lust, nach Viterbo zu fahren und in den Laden für elektrische Haushaltsgeräte zu gehen, der Ornella und Armandino gehörte, und doch könne sie dieses Paar nicht ausstehen, aber wer weiß, wieso, manchmal komme ihr der Gedanke, ihnen einen Besuch zu machen. Oder sie denke daran, nach Lübeck zu fahren, wo Amos Elias Frau ihr Kosmetikgeschäft betrieb, und nachzuschauen, ob diese Frau so sei, wie sie sie sich immer vorgestellt hatte oder etwa völlig anders. Carmine erzählte daraufhin, er sei als Kind mit seiner Mutter jeden Sonntag auf den Friedhof gegangen, und der einzige Friedhof, den er nie gehaßt habe, sei eben der seines Dorfes gewesen, der auf dem Land draußen an einer Straßenbiegung lag.

Er hatte Lust, noch länger über das kleine Mädchen zu sprechen. »Damals fand ich es nichts Besonderes, ein Kind zu haben, du dagegen hattest damals nichts als das Kind im Kopf und brachtest es jeden Morgen auf die Terrasse bei deinen Eltern, wozu du eine halbe Stunde mit dem Autobus fahren mußtest, und doch hatten wir selbst auch eine schöne, große und sonnige Terrasse, und ich fand dich verrückt.« »Unsere Terrasse war sogar zu sonnig, es gab dort kein Fleckchen Schatten und ringsum keinen Baum. Nur Dächer. Es gab kein Chlorophyll. Wenn ich zu meinen Eltern ging, kümmerten sie sich um das Kind, und ich konnte aufatmen.« »Ja, ich erinnere mich daran, daß du dauernd von Chlorophyll redetest.« Und er lachte. »Aber ich war eifersüchtig auf deine Eltern, und sie waren mir unsympathisch. Aber als dein Vater kurz nach dem Tod des Kindes kam, um deine Koffer zu holen, ist er mir plötzlich höchst sympathisch gewesen, er sah so liebevoll und so traurig aus.« »Meine Eltern kritisierten unsere Art zu leben, zu essen, Geld auszugeben, nichts paßte ihnen. Aber auch jetzt, wo ich allein bin, ist es genauso, nichts paßt ihnen bei mir.« »Manchmal denke ich nun an die Zeit zurück, als wir zusammen waren, und ich erinnere mich dann an so viele Dinge, die ich vergessen hatte. Ich erinnere mich an die grünen Kacheln im Duschraum, ich erinnere mich an den Kleiderständer auf dem Vorplatz, den ich gemacht hatte und der jedesmal, wenn wir unsere Mäntel daran aufhängten, unter ihrem Gewicht zusammenbrach.« »Ich kann mich an diesen Kleiderständer nicht erinnern«, warf Ivana ein, »ich habe mir nach dem Tod des Kindes alles in dieser Wohnung aus dem Sinn geschlagen, weil alles in dieser Wohnung für mich Schmerz bedeutete.« »Allerdings habe ich nie gedacht, es sei ein Fehler gewesen, daß wir uns getrennt haben«, bemerkte er, und sie fügte hinzu: »Nein, auch ich habe das nie gefunden.«

Carmine lebte noch zwei Monate. In manchen Augenblicken fand er die Vorstellung, sterben zu müssen, entsetzlich, und er verdrängte sie aus seinen Gedanken, weil sie ihm unerträglich war. In anderen Augenblicken zog sie leicht, schwebend und kühl wie eine Schneeflocke durch seinen Sinn. Der Name seiner Krankheit, Lymphogranulomatose, wurde ihm verschwiegen, aber er hörte, wie Evelina und ein Arzt ihn auf dem Gang nannten, während er aus dem Bestrahlungsraum getragen wurde. Seine Elten kamen. Er sah sie in ihren schwarzen Sachen, die Hände zwischen den Knien gefaltet, mit verkniffenen Lippen, den Blick unverrückbar auf ihre Hände gerichtet, aufrecht und runzlig auf dem kleinen Sofa am anderen Ende des Zimmers sitzen. Manchmal verlangte er, Dodò zu sehen. Dann brachte man ihm Dodò in seinem schottisch karierten Herbstmäntelchen, mit einer Schirmmütze und seinem verschreckten Gesicht, das aber nicht verschreckter als sonst war, denn er wirkte immer, als habe er vom Tag seiner Geburt an damit gerechnet, lauter schreckliche und traurige Dinge mit ansehen zu müssen. Kaum hatte man ihn gebracht, verlangte Carmine, man solle ihn wieder fortbringen. Eines Tages sagte er zu Ninetta, sobald er wieder gesund sei, wollten sie an ihre Trennung denken. Es war ein Tag, an dem er sich recht wohl fühlte und der Gedanke an den Tod ihm ganz fernlag. Es war ein Tag, an dem sie allein waren. Ninetta nickte zustimmend, dann ging sie ans Fenster, nicht an das mit den schwarzen Rhomben, sondern an das andere, das nur eine weiße Scheibengardine hatte und auf den Hof hinausging. Ninetta trug um ihre Schultern einen dünnen durchbrochenen hellblauen Schal. Sie zog das Tuch enger um sich, schob die Gardine beiseite und lehnte ihren schwarzen Pony gegen die Scheibe. Er fuhr fort, von ihrer Trennung zu sprechen, und sagte, er meine, so müßten Trennungen sein, friedlich, still und frei von allem Groll. Er sagte, er werde, sobald er gesund sei, ein kleines Haus mieten, wo Dodò am Samstag und Sonntag hinkommen könne, ein Haus, in dem er vielleicht einen kleinen Hund halten werde, da sie ja keine Hunde wolle und Dodò sie so gern mochte. Ninetta lehnte noch immer an der Scheibe und zog das Tuch immer dichter um sich. Plötzlich nahm er seine eigene Stimme wahr, und es kam ihm vor, als habe diese Stimme zwischen ihnen noch nie so laut, so heiser und so einsam geklungen. »Du denkst, daß ich wahrscheinlich sterbe«, sagte er,

»und niemals mehr einen Hund und ein Haus haben werde.«
Dann verwirrte sich alles in seinem Kopf immer mehr. Er konnte nicht mehr genau unterscheiden, wann es Nacht und wann es Tag war, und er begriff nicht mehr, wer im Zimmer war und wer zwar nicht darin war, aber noch vor kurzem darin gewesen war. Hin und wieder kam Matteo Tramonti und setzte sich in seinem kurzen dunklen Mantel ganz blaß neben ihn. Er hatte das Gefühl, daß einmal auch die dicke Anwältin kam, aber er wußte nicht genau, ob sie wirklich dagewesen war oder ob er nur an sie gedacht hatte. Fast immer waren seine Eltern da und fast immer Ninetta und Ivana. Es kam ihm vor, als käme Evelina ein bißchen seltener und habe dabei nicht mehr ihr beruhigendes Lächeln und das Taschentüchlein, sondern gehe im Pelz mit Packungen von Ampullen für die Injektionen und einem eiligen Gehabe umher, als finde sie es nicht mehr nötig, zu lächeln und zu beruhigen.
Carmine schaute jetzt manchmal lange seine Mutter an, die in ihrem schwarzen Kleid auf dem Sofa saß, und er erinnerte sich daran, wie sie, er und seine Mutter, gegangen waren, um in den benachbarten Dörfern Kleie für das Schwein zu holen, denn es war Krieg, und Kleie war schwer aufzutreiben. Er war noch ein Kind, und seine Mutter war jung, hatte volle, rote Wangen, weiße Zähne

und dichtes schwarzes Haar, das zu einem dicken Knoten zusammengeflochten und mit einem Kranz von eisernen Haarnadeln besteckt war, die unter ihrem Kopftuch hervorschauten. Er erinnerte sich an einmal, als er noch sehr klein war, seine Mutter hielt ihn auf dem Arm, sie waren in der Stadt auf dem Bahnhof, es war Nacht und regnete stark, viele Leute warteten unter ihren Schirmen auf den Zug, und der Dreck floß zwischen den Schienen hindurch. Warum sein Gedächtnis so viele Tage und Dinge verdrängt und vergessen hatte und gerade diese Minute so genau bewahrte und durch die Jahre, durch Stürme und Niederlagen gerettet hatte, begriff er nicht. Von sich selbst erinnerte er sich aus dieser Zeit an nichts, weder was für Kleider und Schuhe er trug, noch welche Gedanken und Neugierden sich damals in seinen Gedanken verknüpften und wieder auflösten. All das hatte sein Gedächtnis als unnütz verworfen. Dagegen hatte es zufällig ein Häuflein von winzigen Eindrücken bewahrt, die herzzerreißend, aber nicht belastend waren. Es hatte die Stimmen, den Schmutz, die Regenschirme, die Leute und die Nacht bewahrt.

Oktober 1977

Borghesia
Das Lied vom Bürgertum

Einer Frau, die niemals Tiere gehalten hatte, wurde ein Kätzchen geschenkt. Es wurde ihr in einem Schuhkarton mit Löchern im Deckel gebracht. Zugleich drückte man ihr eine schottisch karierte Tragtasche in die Hand, die ein Paket mit Sand, ein Wännchen aus gelbem Kunststoff mit dem Relief eines Katzenkopfes, ein Fläschchen mit Vitamintabletten und eine Sprühdose mit einem Desodorans enthielt, das »Aprilbrise« hieß. Die schottisch karierte Tasche, sagte ihr der alte, gebrechliche, traurige Diener, der in ihrer Wohnung erschienen war, müsse sie ihm wieder zurückgeben. Er war der Diener der Signora Devoto. Als sie einige Abende zuvor aus dem Kino kamen, hatte Signora Devoto ihr gesagt, Katzen seien eine wunderbare Ressource. Von ihnen gehe ein tiefes Gefühl der Stabilität, der Ruhe und des Friedens aus. Als dieses Kätzchen aus seinem Karton hervorgeholt wurde, flitzte es ins Wohnzimmer, kletterte die Vorhänge hinauf und blieb auf der Schabracke hocken. Es war ein unglaublich kleines milchkaffeefarbenes Kätzchen mit brauner Schnauze, braunen Pfoten und einem kleinen, kurzen gebogenen Schwanz, und der Diener sagte, es handele sich um einen Siamkater von zweieinhalb Monaten, ein Junges der Katze, die der Mutter der Signora Devoto gehöre. Eine Katze müsse zum Schlafen immer einen Korb und eine Decke haben und – um Himmelswillen – Wasser.

Für eine Siamkatze seien Reis und Fisch die beste Ernährung, der Fisch müsse entgrätet sein und der Reis sehr weich gekocht.
Die Frau hieß Ilaria Boschivo. Sie war seit einigen Jahren Witwe. Sie war mager, sehr verrunzelt, mit kurzem grauem, wolligem Haar und großen blauen Augen. Sie lebte allein. In der Wohnung nebenan wohnten ihre Tochter und ihr Schwiegersohn, und in der Wohnung darüber lebte ihr Schwager, Pietro Boschivo, ein Antiquar. Der Schwager unterhielt sie alle. Er war der Bruder ihres verstorbenen Mannes, Giovanni Boschivo, eines Theaterunternehmers. Zwischen der Wohnung ihres Schwagers und der ihren gab es eine kleine Wendeltreppe. Schwiegersohn und Tochter, beide achtzehnjährig, hatten weder Geld noch Lust zu kochen und aßen gewöhnlich bei ihr. Die Tochter hieß Aurora und der Schwiegersohn Aldo, mit Nachnamen Palermo. Ilaria kochte zusammen mit ihrem Dienstmädchen namens Cettina, einer großen gebeugten Alten mit langer Nase, die sie seit vielen Jahren im Haus hatte. Bei ihr aß auch das Dienstmädchen des Schwagers, Ombretta genannt, eine untersetzte, breite dunkelhäutige und kraushaarige Person, die aus Brindisi gekommen war. Ombretta kochte nicht, weil sie nicht kochen konnte, und sie wusch kein Geschirr ab, weil sie Rheumatismus in den Händen hatte oder zumindest vorgab, ihn zu haben.

Der Schwager sagte, sie sei für ihn vollkommen unbrauchbar, er behalte sie nur aus Mitleid, weil ihre Verwandten sie sonst auf die Straße schickten. Ombretta verbrachte ihre Tage im Unterrock auf der Terrasse des oberen Stockwerks, um sich Schenkel und Rücken zu bräunen, und die Abende im unteren Stockwerk, wo der Fernseher stand. Ihr Zimmer war im oberen Stockwerk, aber sie zog es vor, immer im unteren Stockwerk und zwar im Fremdenzimmer zu schlafen, wo es eine wunderschöne Blumentapete gab und das Bild einer Alten im Kopftuch, das sie an ihre Großmutter erinnerte. In den verschiedenen Bädern oben und unten vergaß sie ihre zerrissenen Büstenhalter und ausgeleierten Hüfthalter und einen Turban aus grünem Frotté mit einer Perle, den sie morgens aufsetzte, um das zu tun, was sie »die Arbeiten« nannte, das heißt ihr eigenes Bett zu machen. Diesen Turban hatte ihr eine Doktorin geschenkt, bei der sie gleich nach ihrer Ankunft in Rom zwei Wochen in Stellung gewesen war. Von diesen beiden Wochen sprach sie andauernd, und man hatte den Eindruck, daß sie Jahrhunderte gedauert hatten. Die Doktorin hatte sie sehr gern gemocht, aber es hatte böse Menschen gegeben, die schlecht von ihr sprachen.

Ilarias Schlafzimmer hatte einen Erker, der sich zu einem kleinen Balkon hin öffnete. In diesem Erker installierte sie das gelbe Wännchen mit dem Sand, den Korb, die Decke und das Wasser. Ihre Tochter Aurora fragte sie, warum sie nicht alles auf den Balkon stelle. Sie antwortete, sie befürchte, der Kater stürze in das untere Stockwerk. Sie freute sich über das Kätzchen, wußte aber nicht, was ihr Schwager dazu sagen würde. Er pflegte um die Essenszeit die Wendeltreppe herunterzukommen, wenn er nicht im Restaurant oder bei der Signora Devoto aß, mit der er seit vielen Jahren ein müdes Verhältnis hatte.

Doch auch an den Tagen, an denen er andernorts aß, pflegte er für eine halbe Stunde herunterzukommen, sich zu Füßen der Treppe in einen Sessel zu setzen und sich von Cettina einen lauwarmen Lindenblütentee bringen zu lassen. Sie sahen, wie er groß mit gerunzelter Stirn in seiner schäbigen amaranthfarbenen Samtjacke herunterkam, die er winters wie sommers trug, das Zimmer mit seinen strengen schwarzen Augen musterte, ja es beinahe mit seiner langen schmalen Nase beschnupperte, sich setzte, aus einem Schubfach die Spielkarten hervorholte, eine Patience legte und den Tee schlürfte. Dann ging er mit einem stets sehr knappen Gruß, den er, sobald er oben an der Treppe angelangt war, herunterrief. Ohne seine amaranthfarbene Jacke, sein graues gelocktes Haar, sein schönes, hageres, zartes Gesicht von dreieckigem Zuschnitt, seinen strengen Mund mit den kräftigen weißen Zähnen wirkte das Zimmer plötzlich leer, langweilig und gewichtlos.

Ilaria wußte, daß der Schwager mit Tieren alles andere als zärtlich war. Und da er es war, der den Teppichboden ausgesucht hatte und ihn hatte auslegen lassen, konnte es geschehen, daß er sagte, Katzen ruinierten die Teppichböden. Und genau das tat er. Er fuhr fort, Teppichböden nähmen den Geruch von Katzen und Katzenflöhen an und dieser Teppichboden werde sicher ein Flohnest werden. Ilaria wandte ein, wegen des Geruchs habe sie »Aprilbrise« versprüht. Pietro fuhr fort, er hasse den Geruch von »Aprilbrise«, die Devotos gebrauchten dieses Desodorans und er habe sie gebeten, es nie wieder zu versprühen. Ombretta behauptete, sie spüre, wie die Flöhe ihr auf die Beine sprängen. Sie streckte ihr braunes muskulöses Bein und ihren ungefügen, schmutzigen Fuß vor, der in einem goldenen Pantoffel steckte. Die Doktorin, jene, bei der sie vierzehn Tage lang gewesen war, besaß vier Katzen, aber es waren Angorakatzen, die keine Flöhe hatten. Aurora erklärte, von nun an müsse man jeden Tag mit der Teppichmaschine über den Boden gehen. Sie war bemerkenswert faul, liebte es aber, große Reinigungsaktionen zu planen.

Ilaria hatte den Eindruck, daß von dieser Katze keinerlei Ruhe oder Frieden ausgingen, sondern vielmehr Unruhe und beklommene Erwartungen.

Es war eine schrecklich nervöse Katze. Sie schnellte und flitzte überall hin, versteckte sich unter den Schränken und sprang dann plötzlich auf ihren Kopf, spielte mit ihrem Haar und lutschte daran. Sie schien zu wissen, daß Ilaria die Person war, die in dieser Welt an die Stelle ihrer Mutter getreten war, jener fernen Katze, der sie nie wieder begegnen würde. Wenn sie das gelbe Wännchen in die Küche brachte, um den Sand auszuwechseln, schlug das Katerchen Purzelbäume vor Freude, als finde er es schön, daß sich jemand mit seinem Sand beschäftigte. Später erinnerte sie sich vor allem an diese freudigen Purzelbäume. Eines Nachts kam ihr das Kätzchen erkältet und fiebrig vor, und sie dachte, es werde sterben. Es kam ihr zu klein vor, um eine Krankheit zu überstehen. Am nächsten Morgen rief sie die Signora Devoto an, die ihr die Adresse eines Tierarztes gab. Sie wickelte es in einen schottisch karierten Schal und brachte es zu dem Tierarzt. Wenn sie später an das Kätzchen dachte, fielen ihr Schottenstoffe ein, die Tasche der Signora Devoto und der Schal an dem Fiebertag.
Im Wartezimmer des Tierarztes saßen viele Leute mit Katzen und Hunden. Einige Stunden gingen vorüber. Sie sagte zu einer Dame, die mit einem riesigen schwarzen Hund am Halsband neben ihr saß: »Ich komme zum ersten Mal hierher.«. Die Dame erwiderte: »Man sieht gleich, daß Sie früher noch nie ein Tier besessen haben.« Diese Worte

trafen sie, und sie fragte sich, woran man das gleich sehe, vielleicht daran, daß die anderen ihre Katzen in eigens dazu bestimmte Körbchen in Form von Pagoden gesetzt hatten, die sich gut dazu eigneten, um Katzen zum Arzt zu bringen oder mit ihnen zu verreisen. An diesem Morgen dachte sie, sie gehöre nun zu dem Kreis von Leuten, die Tiere halten und lieben, einem Kreis von besonderen Leuten, die untereinander durch eine Art sehr zarter, aber gleichwohl fester Komplizenschaft verbunden waren.

Ihr erstes Kätzchen lebte nur ganz kurze Zeit. Wenn sie später rekonstruierte, wieviel Zeit seit dem Abend mit dem Diener, seiner Tragtasche und seinem Karton vergangen war, merkte sie, daß es sich um vierzehn Tage oder kaum mehr handelte. Das Kätzchen genas von dem Fieber und hatte angefangen, wieder durch das Haus zu schnellen und zu flitzen. Es starb durch einen häuslichen Unfall. Sie war mit Ombretta zum Supermarkt gegangen, und sie kehrten mit Paketen beladen zurück. Am Haustor sahen sie Aurora stehen. Sie hatte etwas in der Hand, das in Zeitungspapier gewickelt war. Sie warf es in den Mülleimer. »Tot«, sagte Aurora zu ihr, »tot, dein Kätzchen.« Wie schon bei anderen Gelegenheiten in ihrem Leben fiel ihr auf, daß ihre Tochter eine Art subtilen Vergnügens daran fand, ihr ein Unglück mitzuteilen. Sie setzte sich auf die Stufen und begann zu weinen. Aurora fuhr fort: »Es war

Onkel Pietro. Er hat es nicht absichtlich getan. Er hatte es nicht gesehen.« Sie sagte, sie wolle nicht mehr wissen. Sie bestiegen alle drei den Fahrstuhl, und Ombretta erging sich in Lobeshymnen auf das Kätzchen, seine Intelligenz und Schönheit, seine Gesundheit und Lebhaftigkeit. Solange es lebte, hatte sie es kränklich und lästig genannt. In der Wohnung war Auroras Mann Aldo dabei, Bücher aus dem oberen Stockwerk in das untere zu tragen, und Cettina half ihm. Pietro saß in seinem Sessel. Er war blaß. Er sagte: »Ich habe keine Schuld daran. Es tut mir leid. Ich transportierte Bücher. Ich wollte eure Regale ein bißchen füllen. Ihr habt leere Regale, und ich habe zu viele Bücher. Ich habe keine Schuld daran, sage dich dir. Ich bitte um Verzeihung. Ich hatte es nicht gesehen. Es hat keinen Zweck, daß du mich mit weit aufgerissenen Augen anstarrst.« »Er hat keine Schuld daran«, echote Cettina, »aber wir werden ein anderes besorgen. Alles ist voll von Katzen. Wenn ihr wollt, bringe ich euch sofort ein anderes.« Aldo meinte, man könne Ombretta vielleicht zu jener Doktorin schicken, die alle diese Katzen hatte. »Es waren Angorakatzen, weiße Angorakatzen«, erläuterte Ombretta. »Ohne Flöhe«, fügte Aldo hinzu. »Ganz ohne. Sie hatten alle ein langhaariges, aber sauberes Fell, und Flöhe gingen nie an sie.«
Ilaria sagte zu Aurora, sie solle die Signora Devoto anrufen. Sie wolle mit keiner Menschenseele mehr

von dem Kätzchen sprechen. In ihrem Zimmer legte sie sich aufs Bett. Sie sah im Erker das gelbe Wännchen, das grüne Schüsselchen mit dem Wasser und das andere Schüsselchen mit den Reisresten. Ihre Gedanken gingen im Kreis. »Auch Katzen sterben«, buchstabierte eine Stimme sinnlos in ihrem Kopf. Sie fand es seltsam, daß von dem Wännchen und den Schüsseln so viel Schmerz ausging, denn in ihrer Kindheit war sie gelehrt worden, daß Tiere nicht zählen, daß sie in unserem Leben nichts bedeuten, daß man wegen Tieren nicht leidet. Das war sie gelehrt worden. Aber die geheime Physiognomie dieses mageren Kätzchens zeichnete sich schmerzlich in ihrem Inneren ab. Es hatte große braune Ohren und ein braunes, spitzes, dreieckiges Gesicht, das wach, lebhaft und ernst war, eines der lebendigsten und ernsthaftesten Gesichter, das sie je gesehen hatte. Doch unter dieser Ernsthaftigkeit war alle Fröhlichkeit dieser Welt verborgen. Das Kätzchen verloren zu haben, war ein geringfügiger Verlust, ein dürftiger Schmerz, aber plötzlich entdeckte sie, daß auch dürftige Schmerzen scharf und grausam sind und, ohne zu zögern, ihren Platz im grenzen- und unterschiedslosen Bereich des Unglücklichseins einnehmen. Aurora trat ein und fragte sie, ob sie wolle, daß sie die Fensterläden schließe. Sie trug rasch die Schüsselchen fort und kam zurück. »Alles abgemacht mit Rirì«, sagte sie. »Sie kommt morgen früh.« Rirì war die Signora Devoto. Sie hieß eigentlich Ginevra, aber alle nannten sie Rirì. Nur Pietro nannte sie streng und ironisch »die Ginevra« und war vielleicht das einzige Wesen auf der Welt, das sie bei diesem Namen nannte.

Aurora blieb ein bißchen neben ihrem Bett sitzen. Sie war ein großes, blasses und feingliedriges Mädchen mit langen schwarzen Haaren, die ihr dunkel und weich wie feuchte Algen oder Gras auf den Hals herabfielen. Sie tat dauernd etwas mit diesen Haaren, entweder kämmte sie sie oder sie strich darüber oder sie rollte sie um einen Finger und nahm sie sogar in den Mund. Ilaria hatte auch einen Sohn gehabt, der mit neun Jahren an einer bösartigen Meningitis gestorben war. Aurora war damals zwölf Jahre alt, und sie waren allein in ihrer Wohnung zurückgeblieben, weil der Vater in einer Nervenklinik untergebracht war. Damals hatten sie gelernt, nicht von schmerzlichen Dingen zu sprechen, und in ihre Beziehungen war die Gewöhnung an Vorsicht eingedrungen, sie wogen untereinander jede Silbe ab, damit sie einen leichten Klang hatte. Als der Vater nach Hause kam, hatten sie alle drei eine Reise nach Deutschland unternommen, und der Vater sprach von nichts anderem als von Geld, weil er von dem Alptraum heimgesucht wurde, nichts mehr zu besitzen. Tatsächlich besaßen sie auch nichts mehr, so war diese Reise bitter gewesen, und Ilaria hatte den

Eindruck gewonnen, daß ihre Tochter ihr und dem Vater gegenüber einen tiefen Groll hege, sie für dumm und unglücklich hielt und wegen ihres Unglücklichseins haßte. Wieder zu Hause hatte sich der Vater mit einem Schlafmittel umgebracht, weil er sich eines Tages mit seinem Bruder Pietro wegen Landbesitz in der Basilicata gestritten hatte, der ihnen gemeinsam gehörte und den Pietro nicht verkaufen wollte. So waren Ilaria und ihre Tochter wieder allein zu Hause, mit Pietro im oberen Stockwerk und dem immer noch nicht verkauften Landbesitz in der Basilicata, von dem sie hin und wieder ein paar Flaschen schlechten Wein bezogen. Fast unmittelbar nach dem Tod ihres Vaters hatte Aurora erklärt, sie wolle Aldo Palermo heiraten, einen Jungen, den sie im Ruderverein kennengelernt hatte. Aurora war an der Universität immatrikuliert und zwar in der politikwissenschaftlichen Fakultät, und was Aldo anging, so hatte er das Studium aufgegeben, hatte vage Pläne, und Geld war keines vorhanden, aber Ilaria wußte, daß die Entschlüsse ihrer Tochter felsenfest waren. Aldo war ein Junge mit schwarzem Haar, das beinahe so lang wie das von Aurora war, mit einem großen Schmollmund, schmal, dünn und weich von Wuchs. Auch seine Entschlüsse waren felsenfest, und es waren Entschlüsse, die niemals die Zukunft, sondern immer nur die Gegenwart betrafen, und es waren keine wichtigen, sondern eher nichtige Entschlüsse, wie einen Schrank aus alten, morschen Schubladen zu zimmern, ihn blau anzustreichen und mit farbigen Abbildungen zu bekleben. Aldos Mutter, eine Mathematiklehrerin, sagte, sie halte nichts von dieser Ehe, interessiere sich auch nicht für sie und wolle weder Aurora noch ihre Verwandten kennenlernen. Pietro hatte immer gesagt, diese Ehe sei reiner Schwachsinn, als man ihm aber den Ausspruch von Aldos Mutter berichtete, bekam er eine Stinkwut, stürzte sich in ein Geschäft für elektrische Haushaltsartikel und kaufte einen riesigen Kühlschrank für Aldo und Aurora. Aldo und Aurora heirateten und richteten sich mit dem Kühlschrank in der Wohnung neben Ilaria ein. Sie bestand aus drei Zimmern, Küche und Balkon und gehörte, ebenso wie die beiden anderen, Pietro. Der Kühlschrank blieb leer, weil Aldo und Aurora nie etwas zu essen einkauften. Aldo hatte auch einen Vater, der von der Mutter getrennt lebte, kein Geld zuschoß und sich darauf beschränkte, wenn er ihnen auf der Straße begegnete, ihnen Arzneimuster zu schenken, denn er war Arzt, und ihnen hin und wieder seine abgetragenen Hemden zu schenken, die Aldo aber nicht anzog, weil er niemals Hemden trug, sondern einen einzigen tabakfarbenen Baumwollpullover mit Rollkragen. Wenn der tabakfarbene Pullover zu verschwitzt roch, wusch ihn Aldo, hängte ihn zum Trocknen auf und wartete, während er seinen schmalen, nackten, sonnengebräunten hohlen Bauch kratzte, darauf, daß er trocken war. Von seiner Mutter sagte Aldo, sie gehe einem schrecklich auf die Nerven, sei aber nicht bösartig, und besuchte sie einmal in der Woche, schon weil es dort einen Hund gab, den er sehr gern mochte. An diesem Abend kam auch er in Ilarias Zimmer und sagte ihr, er verstehe sie, denn wenn seinem Hund Igor etwas passierte, sei er eben so runter wie jetzt sie.

Am Tag darauf kam Rirì, das heißt die Signora Devoto, und sie und Ilaria gingen ein neues Kätzchen besorgen. Wenn ein Tier sterbe, so erklärte Rirì, so sei es möglich und notwendig, es durch ein neues zu ersetzen. Rirì war groß und dick, hatte ein großflächiges Gesicht mit feinen, anmutigen Zügen, kleine schneeweiße Zähne, blondes Haar, das oben auf ihrem Kopf zu einem kleinen Dutt zusammengedreht war, breite Hüften und dünne Beine. Sie hatte schon mit einem Laden in der Via della Vite telefoniert, und dort wartete ein Siamkaterchen, das zwei oder drei Monate alt war, auf sie. Sie gingen zu Fuß mit langen Schritten. Rirì trug einen grauen Pelz mit einem Stich ins Gelbliche und einzelnen weißen Haaren. Ilaria hatte eine grüne Strickjacke angezogen, die nach Rirìs Ansicht alt, ausgeleiert und nicht mehr zu tragen war. Rirì fand, Ilaria solle Pietro bitten, ihr einen Pelz zu schenken. Aber

Ilaria sagte, sie möge Pietro um nichts bitten, weil sie ohnehin alle zu seinen Lasten lebten.
Rirì erzählte, Pietro habe ihr am Vorabend das Geld für das Kätzchen gegeben, nachdem sie ihm gesagt hatte, daß man Siamkatzen kaufen könne. In den römischen Geschäften koste eine Siamkatze fünfzigtausend Lire. Pietro hatte eingewandt, Katzen seien offenbar ziemlich teuer. Das sei seltsam und traurig, und er hatte den ganzen Abend geschwiegen und mit ihrem Mann und den Kindern Poker gespielt. Vielleicht dachte er an den Unfall, der dem Kätzchen zugestoßen war. Pietro sei, sagte Rirì, kühl und schroff, aber von empfindsamem, gütigem Gemüt. Er gab sich hart und stark, aber in seinem Inneren war er so hinfällig wie ein Blatt an einem Zweig. Und im übrigen war er in letzter Zeit seltsam und traurig, und sie wußte auch, warum. Ihm gefiel ein Mädchen von neunzehn Jahren. Er wollte es heiraten. Pietro gehörte zu den Leuten, die, wenn sie sich verlieben, sehr traurig werden. Das Mädchen wohnte in Cammiluccia. Es stammte aus reicher Familie. Der Vater war Bauunternehmer. Es war ein winzig kleines Mädchen, eine Mikrobe. Eine Art Nönnchen. Inwiefern ein Nönnchen, wollte Ilaria wissen. Ja gewiß, antwortete Rirì, eines von diesen kühlen Nönnchen, die wenig lachen, einen verkniffenen Mund haben und einem nicht ins Gesicht schauen. »Mir ist es gleich, wenn er sie heiratet«, fuhr sie

fort, »seit langem empfinde ich nichts mehr für ihn. Aber für euch kommen schlimme Zeiten. Schlimm, weil er euch kein Geld mehr geben wird. Er wird nur noch an sich denken. Das Nönnchen wird wer weiß wie viele Kinder bekommen. Ihr seid ruiniert, wenn er sie heiratet.« »Das interessiert mich nicht«, entgegnete Ilaria, »ich werde zu arbeiten lernen. Niemand bei uns arbeitet. Aurora wird zu arbeiten lernen. Aldo wird zu arbeiten lernen.« Rirì antwortete darauf, was sie immer antwortete. Ilaria solle Pietro überreden, den vielbesprochenen Landbesitz in der Basilicata abzustoßen, sich ihren Anteil auszahlen lassen, ein kleines Haus am Meer oder auf dem Land kaufen und dort allein leben. Dann würde sie sich ihrer Kunst widmen können. In ihrer Jugend hatte Ilaria einen Roman geschrieben und veröffentlicht, der den Titel »Gianmaria« trug. Doch dann hatte sie nichts mehr geschrieben. Wenn sie wieder anfange zu schreiben, werde sie vielleicht Erfolg haben und viel Geld verdienen. »Überleg dir das doch. Auf dem Land. Mit deinem schönen Kätzchen. Und ein paar Hunden. Ich besuche dich jeden Samstag. Vielleicht nehme auch ich mir ein Häuschen in der Nachbarschaft.« Nach Rirìs Ansicht würde Ilaria gut daran tun, sich aus dieser Familiengemeinschaft zu lösen, in der sie eingepfercht war. Sie waren kein bißchen nett zu ihr. Sie saugten ihr das Blut aus den Adern. Auch Pietro saugte ihr in gewisser Hinsicht das Blut aus den Adern, selbst wenn er in Gelddingen großzügig mit ihr war. Sie war es schließlich, die ihm das Haus in Ordnung hielt, seine Hemden bügelte, die Flecken in seinen Anzügen mit Benzin entfernte und Mottenkugeln zwischen seine Decken tat. Er hatte diese Ombretta angestellt, die zu nichts taugte. »Im übrigen bin auch ich von Blutsaugern umgeben«, schloß sie. Rirì hatte vier Kinder und einen alten Mann. Wie die auf ihr lasteten. Wie die Tage, die Mittags- und Abendmahlzeiten mit ihnen auf ihr lasteten, ihnen, die von ihr alles verlangten, wo ist mein Pullover, such mir die Züge heraus, fahr mich an den Bahnhof, bring den Reißverschluß an meiner Windjacke in Ordnung, bereite ein Fest auf der Terrasse vor, zwanzig Pizzen, vierzehn Flaschen Coca-Cola, stell den Wein kalt. Sie hatte zwar ihren Diener. Doch der war wetterwendisch, kündigte jede Woche, man mußte ihn beschwören zu bleiben, und ihn zur Akupunktur bringen, weil er unter Schlaflosigkeit litt. Sieben lange Jahre war sie ziemlich eng mit Pietro verbunden gewesen, und das hatte für sie einen außerordentlichen Trost bedeutet. Aber jetzt war seit einiger Zeit alles aus. Pietro kam zwar aus Gewohnheit zu ihnen, um mit den Kindern Poker oder Dame zu spielen. »Wir armen Frauen«, sagte sie, »sie saugen uns das Blut aus den Adern. Sie zertreten uns. Sie sehen uns jahrelang nicht ins Gesicht, dann schauen sie uns

plötzlich an und wundern sich darüber, daß wir Runzeln, müde Augen und totes Haar haben.«
»Aber du hast doch kein totes Haar«, wandte Ilaria ein. Rirì strich sich über ihren Dutt. »Man sieht es nicht, daß sie tot sind, weil ich sie so frisiere. Aber abends, wenn ich sie aufmache und in die Hand nehme, machen sie mir Kummer.«
Das neue Kätzchen unterschied sich von dem früheren dadurch, daß es dick war, ein dichtes Fell und einen ziemlich langen Schwanz hatte. Die Farbe seines Fells, seine großen Ohren und sein ernstes Gesicht glichen denen des anderen. Es befand sich in einem Käfig mit einem genau so aussehenden Kätzchen, seiner Schwester, wie der Händler erklärte. Ilaria geriet für einen Augenblick in Versuchung, sie alle beide mitzunehmen. Das hätte aber noch einmal fünfzigtausend Lire gekostet. Im übrigen riet Rirì ihr davon ab. Zwei Katzen und mehr würde sie haben, wenn sie aufs Land zog. Rirì hatte eine Chenilletasche voll Wollfetzen mitgebracht, und in die wurde das Kätzchen gepackt. Zu Hause entwischte es, um sich unter einer Truhe zu verstecken, und blieb dort die ganze Nacht. Am nächsten Morgen saß es friedlich auf dem Sofa im Wohnzimmer, und Cettina und Ombretta sagten, es sei ein sehr viel besseres Kätzchen als das frühere, ganz und gar nicht verrückt, ganz und gar nicht nervös. Ilaria nannte es wegen seines dichten Fells und weil Rirì

an dem Tag, an dem sie es besorgt hatten, einen Pelz trug, Pelzchen. Das erste Kätzchen war namenlos gestorben.
Der Kater Pelzchen lebte ein Jahr lang in ihrer Wohnung. Anfangs fand sie ihn charakterlos, vielleicht ein bißchen dumm und einer starken Zuneigung unfähig. Aber nach einiger Zeit entdeckte sie, daß sie, auch für den Kater Pelzchen, die wichtigste Person auf der ganzen Welt war. Sie merkte, daß sie in seinen Augen der einzige Mensch von Wert und Bedeutung war. Er folgte ihr im Haus überall hin und pflegte sich auf ihre Sachen zu kuscheln, auf ihre Strickjacke, die sie auf der Truhe liegen ließ, auf ihre Strümpfe und auf ihre Unterwäsche, die sie im Bad auf den Boden warf, damit Cettina sie ihr wusch. Zu spüren, daß sie in den Augen eines Kätzchens einen wirklichen Wert besaß, erfüllte sie mit einem seltsamen Stolz, einem Stolz, der ihr manchmal erbärmlich und töricht vorkam und bei dem in Gedanken zu verweilen vielleicht wirklich töricht war. Nachdem sie den Kater Pelzchen einige Tage bei sich hatte, dachte sie, daß ihn vielleicht die Sehnsucht nach seiner Schwester quäle, die ihm so ähnlich sah und die im Laden zurückgeblieben war. Mit dem Gedanken, sie zu kaufen oder jedenfalls wiederzusehen, kehrte sie in das Geschäft zurück. Aber der Händler sagte ihr, sie sei verkauft. In dem Käfig saßen jetzt zwei Affen. Sie hätte den Händler gern

gefragt, von wem er die Katzen bezog, in was für einem Haus und bei welchen Leuten Pelzchen geboren worden war. Aber sie wagte den geschäftigen, nicht sehr freundlichen Mann nichts zu fragen. Der Gedanke, daß sie nie etwas über Pelzchens Geburt, nie etwas über den Ort erfahren würde, wo er das Licht der Welt erblickt hatte, machte sie traurig. Es war eine seltsame, armselige Traurigkeit. Sie dachte, daß alles, was Menschen an Tiere und Tiere an Menschen band, seltsam, traurig, geheimnisvoll und armselig sei.

Eines Tages war Ilaria mit Rirì ins Kino gegangen und bat Rirì dann, zu ihr heraufzukommen, weil sie ihr ein Kleid zeigen wollte, das sie sich gekauft hatte. Ombretta kam ihr entgegen und sagte, es gehe Pelzchen sehr schlecht. Lang ausgestreckt, zitternd und mit blutendem Rücken lag er in Cettinas Schoß. Cettina sagte, er liege im Sterben. Ombretta und Cettina erzählten, er sei ihnen auf die Terrasse nachgelaufen, als sie dort hinaufstiegen, um die Bettlaken aufzuhängen, und dann hatten sie gesehen, daß er, während er über das Dach spazierte, sich mit einem riesigen gestreiften Kater zu balgen begann oder vielmehr habe der gestreifte Kater sich auf ihn gestürzt und habe ihn gebissen. Es erschien Pietro, es erschienen Aldo und Aurora, und alle empfahlen etwas, Borwasser, kalte Umschläge, Jodpackungen auf die Wunde. Rirì rief den Tierarzt an, den sie kannte, und bat ihn, sofort zu kommen. Der Tierarzt kam und stellte nicht wegen der Halswunde, sondern weil innere Organe in Mitleidenschaft gezogen waren, eine »zurückhaltende Prognose«. Doch es sei nicht unmöglich, daß er durchkomme. Dann war der Tierarzt gegangen, und sie saßen alle im Wohnzimmer, wo sie das Kätzchen, das in seinem Korb lag, hingebracht hatten. Pietro sagte: »Schade. Es war ein sehr sympathisches Kätzchen. Ich mochte es. Ich war beinahe zu einem Katzenfreund geworden.« Aurora meinte: »Mit Katzen haben wir Pech.« Sie sprachen von ihm, als ob es schon tot sei. »Hört auf damit, Leichenpredigten zu halten«, ereiferte sich Rirì, »es ist lebendiger als wir alle. Es wird uns alle zu Grabe tragen.« »Die Ginevra hat ein optimistisches Temperament«, bemerkte Pietro. »Ich ertrage es nicht, daß du mich Ginevra nennst«, fuhr sie ihn an, »ich heiße Rirì, das ist mein Name.« »Und ich ertrage deinen Optimismus nicht«, hielt Pietro ihr entgegen, »dieses Kätzchen stirbt.« Ilaria begann zu weinen. »Du Hund«, fauchte Rirì Pietro an. Ombretta kam und sagte, der gestreifte Kater treibe sich immer noch in der Nähe der Terrasse herum, er mache einem Angst, denn er habe das Gesicht eines wilden Tieres.

Ein paar Tage lang blieb Pelzchen in seinem Korb, und Rirì kam, um ihm Injektionen zu machen und es mit dem Tropfenzähler zu ernähren. Pelzchen schien ganz von der Anstrengung absorbiert zu überleben. Er rührte sich nicht, hatte die Pfoten angezogen und war von einem grenzenlosen Ernst erfüllt. Vom Portier hatten sie erfahren, daß der gestreifte Kater Napoleon hieß und einer Juweliersfrau gehörte. Aus unbekannten Gründen hatte Napoleon sich in den Kopf gesetzt, der absolute Herrscher über diesen Bereich des Daches zu sein. Cettina und Ombretta berichteten, er lauere finster und wild ständig dort auf dem Dach neben der Regenrinne. So gingen auch Ilaria und Rirì auf das Dach. Ombretta schüttete einen Eimer Wasser über ihn, aber er rührte sich nicht. Rirì schimpfte sie aus, das sei grausam gewesen. Sie riet dazu, die Juweliersfrau anzurufen, sie möchte kommen und ihn abholen. Für Ilaria in ihrem glühenden Haß waren Napoleon und die Juweliersfrau eins. Aber als die Juweliersfrau kam, hörte Ilaria sofort auf, sie zu hassen, denn sie war eine sympathische, bescheidene und freundliche Frau. Sie entschuldigte sich dafür, daß ihr Kater so lästig gefallen sei. »Er war nicht nur lästig«, erwiderte Rirì, »sondern hat Kummer und Leid bereitet.« Naß und sehr häßlich hockte Napoleon dort drüben und klammerte sich an den Traufrand des Hauses. »Napoli«, murmelte die Juweliersfrau sehr zärtlich. Napoli kam zu ihr, und sie trug ihn in ihre Schürze gewickelt nach Hause.

Nach einer Woche war Pelzchen genesen, sie begriffen das, als sie sahen, daß er aus seinem Korb aufstand und zu dem Schüsselchen mit Wasser ging. Im übrigen erinnerte sich Ilaria an jenes »um Himmelswillen Wasser«, den Ausspruch, den Riris Diener an jenem sehr fernen Abend getan hatte. Der Diener war inzwischen in die Schweiz geflohen, weil er in eine Geschichte mit Porno-Fotografien verwickelt war. Einige Zeit befürchtete Ilaria, daß Napoleon zurückkäme, und sie hatte überlegt, wenn er zurückkomme, wolle sie ihn packen und mit einem Taxi in ein weit entferntes Viertel, ins Eur oder in die Villa Borghese bringen, wo er den Heimweg nicht mehr finden konnte. Das war jedoch, sagte sie sich, ein grausamer Plan. Die Juweliersfrau würde dann vergeblich auf ihren Napoli warten, und Napoli wäre vielleicht am Ende bei seinem verzweifelten Umherirren unter ein Auto gekommen. Doch Napoli kehrte nicht wieder. Der Portier erzählte ihr, die Juweliersfrau und Napoli seien ans Meer gefahren. Der Sommer ging vorüber, ein sehr langer Sommer, während dessen Ilaria und Pelzchen allein blieben, weil alle anderen verreist waren, Cettina und Ombretta in Urlaub in ihre Dörfer, Aldo und Aurora mit Geld, das ihnen Pietro gegeben hatte, nach Persien, wo Pietro steckte, wußte man nicht, aber zweifellos war er bei dem Nönnchen in Umbrien, wohin dessen Eltern im Sommer zu gehen pflegten, weil sie dort ein Haus hatten, sagte Rirì bei einem Anruf aus

Chianciano, wo sie eine Trinkkur machte. Es sei eine reiche Familie, hatte Rirì gemeint, die allenthalben Häuser und Villen habe. Das Nönnchen ritt, es liebte Pferde leidenschaftlich, aber auch Hunde, es war verrückt auf Tiere.

Als erster kehrte Pietro zurück und sagte nicht, wo er gewesen war, brachte aber zwei große Töpfe mit Feigenmarmelade mit, hausgemachter Marmelade, wie er anmerkte, ohne jedoch zu sagen, in welchem Haus sie gemacht worden war. Sie fragte ihn nach nichts in seinen Ferien aus, da sie gewohnt war, ihn nie nach etwas zu fragen. Er war sehr traurig und sprach wenig. Pelzchen war inzwischen zu einem großen starken Kater mit dunklem Fell herangewachsen. »Er ist nicht gestorben«, sagte Pietro jedesmal, wenn er ihn sah, »dabei wirkte er an jenem Abend schon wie tot.« Schließlich sagte er ihr eines Abends, er werde heiraten. In seinem üblichen Sessel am Fuß der Wendeltreppe sitzend, sprach er mit sehr leiser Stimme. Pelzchen war ihm auf den Schoß gesprungen, und er streichelte ihn mit seiner schönen, starken, weißen Hand. Sie sei ein sehr junges Mädchen, erklärte er, und sie zu heiraten sei von seiner Seite beinahe gewiß ein sehr schwerer Fehler. Ihre Jugend faszinierte ihn, stieß ihn aber zugleich ab. Ihre Jugendlichkeit war von einer kalten, gleichgültigen, verächtlichen und vollkommen schweigsamen Art. Er heiratete sie, weil er sie nicht verstand.

Ilaria wandte ein, es sei doch wohl besser, wenn er sie erst verstehe und dann heirate. Er antwortete, er könne das Bessere vom Schlechteren nicht mehr unterscheiden, sein Kopf sei ganz verwirrt, er denke nicht mehr, sondern sei nur noch von Traurigkeit und Angst erfüllt. Er glättete den langen Schwanz des Katers. »Sie mag alle Tiere. Sie reitet. Sie macht das gut und hat einige Preise gewonnen. Sie besitzt Amphoren und Medaillen. Sie ist überall Siegerin. Sie gehört zu denen, die siegen. Vielleicht werden wir umziehen. Sie mag keine Wendeltreppen. Sie mag keine Penthäuser. Sie liebt das Erdgeschoß. Ich werde mich nach einem Erdgeschoß mit Garten umsehen müssen. Sie liebt Bäume, das Land und in der Stadt Gärten. Oder richtiger, sie glaubt, Gärten zu lieben, aber sie liebt überhaupt nichts außer sich selbst.«
In seine Wohnung, fuhr er fort, könnten Aurora und Aldo ziehen und die drei Zimmer, in denen sie bisher lebten, vermieten. Seine Wohnung sei eine hervorragende Wohnung und hatte die herrliche Terrasse über den Dächern, wo man Blumen pflanzen, schattige Ecken mit Pergolen und Altanen und sogar ein Schwimmbad einrichten konnte. Die Devotos hatten eine kleinere Terrasse als diese und hatten dort regelrechte kleine Bäumchen gezogen, und es war dort so frisch wie in einem Wald. Ein Schwimmbecken hatten sie, wer weiß warum, nicht aufstellen wollen. Dabei gab es

bestimmte kleine Schwimmbecken aus Kunststoff, die wenig kosteten. Aurora und Aldo würden eines Tages Kinder bekommen, die im Sommer großen Spaß an dem Schwimmbecken haben würden, ohne daß man Geld ausgeben mußte, um sie in die Sommerfrische zu schicken. Sommerfrischen waren sehr teuer, und die Leute richteten sich immer mehr so ein, daß sie im Sommer in der Stadt bleiben konnten. Vorläufig diene seine herrliche Terrasse nur Ombretta für ihre Sonnenbäder und dem Kater Napoleon, um das arme Pelzchen zu zerfleischen und beinahe umzubringen. Sie stiegen auf die Terrasse und ließen sich auf den beiden durchgesessenen Liegestühlen nieder, wo Ombretta und Cettina manchmal saßen und miteinander schwatzten. »Spürst du die köstliche Frische«, fragte Pietro, »es ist ein Verbrechen, eine so schöne Terrasse zu besitzen und keine einzige Pflanze darauf zu ziehen. Morgen kaufe ich einen großen Sonnenschirm, damit ich auch nachmittags hierher kommen kann.« Pelzchen war mit ihnen heraufgekommen und räkelte sich an den leeren Blumentöpfen, die in Reih und Glied der Mauer entlang aufgestellt waren. Dann stieg das Kätzchen aufs Dach, und Ilaria rief es. »Du bist ganz auf dieses Kätzchen fixiert«, stellte Pietro fest. »Man kann mit dir kein Wort mehr reden, du bist mit deinen Gedanken immer nur bei dem Kätzchen. Du bist eine richtige Katzenmutter geworden.«

Cettina kehrte zurück. Sie brachte aus ihrem Dorf einen Koffer voll grüner Birnen mit, die hart wie Stein waren. Für ein Weilchen blieben sie sauer und grün, dann wurden sie plötzlich braun und faul. Ilaria und Cettina breiteten sie in der Küche auf einer Lage Zeitungspapier aus. Cettina sagte, in ihrem Dorf nenne man sie »Engelsbirnen« und mache Marmelade daraus. Die Küche wurde von Ameisen heimgesucht. Schließlich warf Cettina Ameisen, Zeitungen und Birnen in den Müll. Ombretta kehrte nicht wieder. Cettina hatte einen Brief von ihr bekommen, in dem sie mitteilte, sie werde vielleicht nicht zurückkommen, weil sie in einer Bar eine Journalistin kennengelernt habe, die sie als Sekretärin haben wolle und auf eine lange Reise mitnehme. Dann kam eine Karte von Ombretta aus Forte dei Marmi. Man sah darauf große Sonnenschirme. Auf die Karte hatte Ombretta geschrieben: Eine wunderbare Gegend. Dann herrschte Schweigen. Cettina sagte, sie wisse nicht, was sie mit Ombrettas Kleidern machen solle, die im Schrank des Fremdenzimmers zurückgeblieben waren. Diese Kleider bereiteten ihr Sorge. Sie bedeuteten, so drückte sie sich aus, eine Verantwortung für sie.

Mitte September kehrte Aldo allein zurück. Aurora war mit Freunden in Griechenland, es ging ihr gut, und einstweilen kehrte sie nicht zurück. Aldo kam in dem völlig zerknitterten und verschwitzten tabakbraunen Pullover zum Essen, aß und kehrte dann in seine Wohnung zurück, um zu schlafen. Dann machte er sich an die Herstellung von Marionetten. Jetzt verbrachte er seine Tage in seiner Küche und zersägte alte Kisten, die er auf dem Dachboden bei seiner Mutter gefunden und auf seinem Motorrad hierher transportiert hatte. Als er die Kisten zersägt und in einem Winkel der Küche zahlreiche Brettchen aufgestapelt hatte, bat er Ilaria um ein bißchen Geld für Farbe und um einige Stoffreste. Seine erste Marionette nannte er Mustafà. Es war eine grün angemalte Puppe mit einem groben viereckigen Gesicht, gebleckten Zähnen, einem langen grünen Gewand, das er aus dem Rest eines Morgenrocks von Ivana hergestellt und mit gelben Perlchen bestickt hatte. Es folgten andere Puppen, immer mit viereckigen Gesichtern, großen Mündern und gefletschten Zähnen. Dann kam Aurora nach Hause. Sie war sehr mager und braungebrannt und hatte sich in Teheran einen langen, sternenübersäten Kasack gekauft. Sie teilte Ilaria mit, sie und Aldo hätten beschlossen, sich zu trennen. Auf der Reise hatte sie sich in einen anderen verliebt. Sie sagte ihr das wenige Stunden, nachdem sie angekommen war, setzte sich dazu ins Wohnzimmer und wand ihre Haare, die ziemlich schmutzig und nach ihrer eigenen Aussage seit Wochen nicht mehr gewaschen waren, um einen Finger. Ilaria begann zu weinen. Es gebe nichts zu weinen, wies Aurora sie zurecht, denn sie sei sehr glücklich und fühle in sich eine große Klarheit. Was Aldo anging, so respektierte er die Wichtigkeit ihrer Gefühle und war nicht unglücklich. Die Sache mit den Marionetten stellte für ihn einen Weg dar. Das Wesentliche im Leben sei, sich mit zusammengebissenen Zähnen dem Unglück zu verweigern. Drei Dingen müsse man sich verweigern, der Heuchelei, der Resignation und dem Unglücklichsein. Als sie mit Emanuele geschlafen hatte, hatte sie noch in derselben Nacht Aldo geweckt, um ihm das zu erzählen. »Und wer ist dieser Emanuele«, fragte Ilaria müde. »Emanuele«, antwortete Aurora, »ist ein wunderbarer Junge. Ich stelle ihn dir vor. Er beschäftigt sich mit Sprachphilosophie.«

Es fiel Ilaria schwer, Pietro zu sagen, daß Aurora und Aldo sich trennten. Es fiel ihr schwer, es Cettina zu sagen. Sie erwartete, daß sie auf diese Nachricht mit Ausrufen des Erstaunens reagieren würden. Vor diesem Sommer hatten sich Aurora und Aldo dauernd in den Armen gelegen. Jetzt verbrachte Aurora den ganzen Tag außer Haus, selbst zu den Mahlzeiten kam sie nie, und Aldo war gänzlich in seine Puppen vertieft, erschien wie sonst zur Essenszeit und setzte sich in aller Ruhe an den Tisch, als sei nichts geschehen. Nur auf seinem großen Schmollmund konnte man ein etwas deutlicheres Schmollen und auf seiner Stirn unter dem buschigen verschwitzten Haar einige Falten entdecken. Weder Pietro noch Cettina äußerten besonderes Erstaunen. Cettina meinte: »Die einen heiraten, die anderen trennen sich. Herr Pietro will heiraten, hat man mir erzählt. Das ist schön. Aurora und Aldo haben zu jung geheiratet. Das ist schlimm.« Pietro äußerte sich: »Schade. Es stimmt zwar, daß an Aldo nicht viel dran ist. Das Pulver hat er nicht gerade erfunden. Trotzdem ist es schade.« Er sprach von Aldo, als sei er tot oder weit fort. Dabei war Aldo immer noch mit seinen Puppen in der Nebenwohnung. Er hatte begonnen, seine Bücher und den ganzen Kram, den er zu seiner Puppenmacherei brauchte, in ein Zimmer in der Via dei Serpenti zu transportieren, das er gefunden hatte und mit einem Freund teilen wollte. Aber er transportierte ohne jegliche Eile jeweils nur zwei oder drei Bücher oder zwei Gegenstände, und im übrigen war das Zimmer noch nicht bereit, der Freund weißelte gerade die Wände. Er kam nicht mehr zum Essen zu Ilaria, weil Aurora ihm gesagt hatte, es habe keinen Sinn, daß er noch dort esse. Er ging zum Essen in einen Schnellimbiß an der nächsten Ecke. Cettina sah ihn dort im Vorübergehen, und er tat ihr leid, sagte sie, denn es war traurig, ihn hoch oben auf einem der hohen Sitze hocken zu sehen mit einem Tellerchen voll kalter und fettiger Zichorie vor sich. Cettina kannte diese Speisen, weil sie dort ständig vorbeikam, und fand sie regelrechten Dreck.

Rirì kam von ihrer Trinkkur nach Hause. Sie erschien sofort, wußte aber bereits alles über Aurora und Aldo, weil Pietro ihr am Telefon erzählt hatte, was vorgefallen war. Rirì war die einzige, die ihrem Erstaunen und Mißfallen Ausdruck verlieh, Ilaria küßte und tröstend streichelte. Das verursachte Ilaria einen schärferen Schmerz, aber auch ein Gefühl der Erleichterung. Rirì war der einzige Mensch, mit dem sie wie mit sich selbst über diese Trennung sprechen konnte. Sie dachte an den Abend zurück, als sie auf der Terrasse gesessen hatten und Pietro ihr von Auroras und Aldos Kindern sprach, die dort in einem kleinen Schwimmbecken aus Kunststoff mit Schiffchen und Schwimmringen spielen würden, und dieser Abend kam ihr unendlich fern vor, obgleich seitdem kaum ein Monat oder etwas mehr verstrichen war. Rirì kannte Emanuele, wie sie immer alle kannte. Sie sagte, er sei ein wetterwendischer, wirrköpfiger Junge, kein bißchen gut aussehend, vielmehr häßlich und dick. Ilaria schwirrte zu dieser Zeit das Wort »wunderbar« im Kopf herum, weil sie sich an Ombrettas Ansichtskarte erinnerte, »eine wunderbare Gegend«, und weil nach Auroras Aussage Emanuele wunderbar war, den sie sich nicht häßlich und dick vorstellen konnte, wie Rirì ihn schilderte. Rirì konnte das

Schicksal aus den Karten lesen. Sie hatte Aurora die Karten gelegt und den Kerker, den Gehängten und den Mönch gesehen, was Einsamkeit und Keuschheit bedeutete. Aber zum Schluß kam die Sonne. Sie hatte auch Ilaria die Karten gelegt. Ilaria hatte den eingestürzten Turm, was Ruin bedeutete, und dann den Thron des Papstes, was Erfolg und Macht verhieß. Doch war es mehr denn je notwendig, daß sie daran dachte, sich aufs Land zurückzuziehen, sagte Rirì, und versuchte, ihr eigenes Leben zu leben, fern von Auroras und fern von Pietros Sonderbarkeiten. Pietro wollte in wenigen Wochen heiraten und plante, die Wohnung zu wechseln, aber Rirì war ganz sicher, er werde bleiben, wo er war, und sie müsse für das Nönnchen und alle anderen Magddienste verrichten. Rirì hatte das Nönnchen in Fischerhosen und kariertem Kasack auf der Straße gesehen, und sie war ihr anmutig erschienen, aber klein und olivfarben, mit schönen Haaren, einer leichten Entenschnabelnase und erheblich krummen Beinen.
Rirì fragte Ilaria, ob sie ein weibliches Kätzchen wolle. Im Haus ihrer Mutter gab es ein weibliches Kätzchen, eine Stiefschwester des früheren Katers, der so übel ums Leben gekommen war. Dieses Kätzchen war jetzt ein paar Monate alt und konnte eine Frau für Pelzchen abgeben. Und Ilaria hatte, sagte Rirì, die Anhänglichkeit eines weiblichen Kätzchens nötig, das sie trösten werde. Pelzchen

wandelte auf Liebespfaden, miaute Tag und Nacht, und Ilaria öffnete ihm auf Riris Rat die Terrassentür, Pelzchen strich auf der Suche nach Kätzinnen über die Dächer, und man mußte sich die Seele aus dem Leibe schreien, wenn man nach ihm rief, damit er nach Hause kam. Durch den Portier erfuhren sie, daß Pelzchen jetzt auf die Terrasse der Juweliersfrau zu gehen pflegte und sich dort in Gesellschaft von Napoleon aufhielt. Pelzchen und Napoleon waren innige Freunde geworden. Ilaria dachte daran, wie Napoleon sich tropfnaß, finster und wild an die Regenrinne klammerte. Sie erinnerte sich daran, daß sie sich, als sie ihn haßte, vorgenommen hatte, ihn in die Villa Borghese zu bringen und dort auszusetzen. Damals war Ombretta noch da. Aldo und Aurora lagen sich ständig in den Armen. Sie glaubte, sie würden Kinder bekommen.

Rirì kam mit der kleinen Katze in einer geflochtenen Tasche. Es handelte sich um ein sehr mageres Kätzchen mit kurzem gebogenem Schwanz, und es ähnelte dem früheren Kätzchen sehr, das namenlos gestorben war. Es war aber von sehr ruhigem Temperament, und kaum hatte man es aus der Tasche geholt, setzte es sich auf das Sofa, als sei ihm diese Wohnung schon seit langem bekannt. Es sei ein wunderbares Kätzchen, sagte Rirì. Sein Name sei Ninna-nanna, Schläferchen, weil es so gern schlief. Pelzchen mißfiel dieses Kätzchen, und er fauchte es an. Seit das Kätzchen im Haus war, hielt er sich immer länger auf den Dächern auf, denn er fand es noch zu klein, deshalb für ihn unbrauchbar und seine Gegenwart unerwünscht. Ilaria stieg zur Terrasse hinauf, um ihn zu rufen. Als sie ihn eines Tages wieder rufen gegangen war, sah sie ihn auf einem sehr fernen Dach als kleine Gestalt mit seinem gelben Flohschutzhalsband, zu dem ihr Rirì geraten hatte. Dann verschwand das gelbe Halsband hinter einer Mauer. »Liebes Kätzchen, komm doch wieder«, murmelte Ilaria, »komm bitte wieder, liebes Kätzchen«. Pietro nannte sie eine »Katzenmutter«. Er hatte sich, wie angekündigt, einen großen Sonnenschirm und einen neuen Liegestuhl gekauft und saß nun dort unter dem Schirm und schrieb an dem warmen Herbstnachmittag auf der Maschine. Er schrieb seine Kindheitserinnerungen. Er hatte schon fünfzehn Kapitel fertig. Ilaria wartete bis zur Abenddämmerung auf Pelzchen. Dann ging sie hinunter, weil sie Cettina bei der Zubereitung des Abendessens helfen mußte. Zum Abendessen kam Domitilla, das heißt, das Nönnchen, das sie zum ersten Mal zu Gesicht bekam.

Das Nönnchen kam mit einer Gitarre. Sie spielte sehr gut Gitarre, und Pietro wollte, daß Ilaria sie hörte. Besonders schön war es nach Pietros Ansicht, wenn sie das Lied »Borghesia«, Bürgertum, sang und sich dazu auf der Gitarre begleitete. Das

Nönnchen sang, während sie auf das Abendessen warteten. »Altes Kleinbürgertum/ du bist zwar winzig klein/ doch in deiner Kleinheit flößt du mir Wut/ Kummer, Ekel oder Melancholie ein/«, hieß es in dem Lied. Das Nönnchen hatte eine scharfe, schrille und dünne Stimme. Es hatte einen großen Kopf mit goldfarbenem, zerzaustem, glänzendem und ungepflegten Lockenhaar, eine Himmelfahrtsnase, eine zierliche Figur, und seine Beine, die in einem Paar riesiger Stiefel steckten, waren tatsächlich sehr krumm. Vielleicht war es gerade sein abgezehrtes und unterernährtes Aussehen, das es so graziös wirken ließ. Seine Hände auf der Gitarre waren klein und olivfarben, die Hände eines Kindes oder einer Zwergin. »Eine regelrechte Zwergin«, sagte Aurora, als sie sich in der Küche mit Ilaria unterhielt, während sie den Braten aufschnitten. Sie konnte keinesfalls in Pietro verliebt sein und heiratete ihn nur so, vielleicht, um von zu Hause fortzukommen. Sie mußte kalt und snobistisch sein und wirkte mit ihren Stiefeln und ihrer Gitarre höchst unsympathisch. Aber Pietro schien von der Gitarre fasziniert zu sein und war traurig, unsicher und nervös, ärgerte sich über den Braten, den er zu trocken fand, und über die Kartoffeln, von denen er behauptete, sie seien zum Teil verkohlt und zum anderen Teil roh. Ilaria fand es merkwürdig, ihn so verliebt zu sehen, weil sie ihn nur mit Rirì kannte, gelangweilt, gleichgültig dem gegenüber, was er aß, abwesend und streng. Pietro sagte an diesem Abend, er werde wahrscheinlich ein zweistöckiges Haus an der Via Cassia kaufen, das sehr schön sei und in einem großen Park liege. Die Zweige der Bäume wuchsen zu den Fenstern hinein. Er wollte auf die Terrasse hinaufsteigen, um Domitilla zu zeigen, daß auch Penthäuser schön sein können, ihr, die Penthäuser nicht ausstehen konnte. Aber inzwischen war ein entsetzliches Gewitter mit Hagel, Blitz und Donner ausgebrochen, und Domitilla spielte und sang weiter bis zum späten Abend, während sie darauf warteten, daß der Regen nachließ. Ilaria dachte an Pelzchen, der über die Dächer strich.

Pelzchen kehrte niemals zurück, und Ilaria machte sich nach einiger Zeit klar, daß der Augenblick, als sie ihn auf dem First jenes fernen Daches sah, während Pietro auf der Maschine schrieb, der Augenblick gewesen war, in dem sie ihn zum letzten Mal zu sehen bekommen hatte. Der Portier erzählte, in einem Hof in der Nachbarschaft seien zwei tote Katzen gefunden worden, die vom Dach gestürzt seien, eine davon sei Pelzchen gewesen, und die andere war die Kätzin der Signora Macrì, der Frau eines Diplomaten, die in einem Penthaus wohnte, das just auf diesen Hof hinausging. Wahrscheinlich waren sie gestorben, während sie sich liebten, sagte der Portier und fuhr fort, wenn

Katzen sich liebten, verlören sie ihren Gleichgewichtssinn, und er meinte, vielleicht seien sie in der Nacht mit dem starken Gewitter hinabgestürzt, während es stürmte, blitzte und donnerte. Ilaria wollte diesen Hof niemals betreten, was der Portier und auch Signora Macrì ihr anboten, und fuhr fort, von ihrer Terrasse nach den Dächern auszuschauen und zu hoffen, daß ihr Pelzchen mit seinem gelben Halsband, seinem aufgerichteten, zuckenden Schwanz und seinem pausbäckigen, ernsten Gesicht ihr lebendig wiedergeschenkt werde. »Daß sie mich frei und fern glaube«, sang Pietro, »auf einem neuen Wege zur Erlösung«, und das waren die Worte, die Ilaria damals nicht aus dem Sinn gingen und die sie mit dem Ausblick auf die Dächer, Firste und Traufen verband. Als Pelzchen nicht wiederkam, hatte Pietro sofort geäußert, er müsse ums Leben gekommen sein. »Sie hat kein Glück mit den Katzen, die Katzenmutter«, sagte er zu Aurora und Cettina, während er seinen Kaffee trank. Auch die Juweliersfrau kondolierte Ilaria, als sie ihr auf dem kleinen Markt des Viertels begegnete, denn auch die Juweliersfrau hatte Fenster, die auf jenen Hof hinausgingen, und sie hatte das arme Pelzchen wiedererkannt, das mit ihrem Napoli so befreundet war. Was Napoli anging, hatte sie ihn schon als klein kastrieren lassen, und das war gut gewesen, denn die Dächer können gefährlich werden, die verliebten

Katzen spielen verrückt und verlieren ihren Orientierungssinn.
Der Winter ging vorüber, und das Frühjahr kam, und immer war Pietro noch drauf und dran zu heiraten, heiratete aber noch nicht, weil Domitilla studieren, an einem Reitturnier teilnehmen oder bei einer Folk-Gruppe spielen mußte. Ilaria wurde von Rirì ein paar Tage in ein Haus eingeladen, das Rirì in Consuma in der Toscana besaß, und vertraute das Kätzchen Ninna-nanna Cettina an und bat sie darum, es nie auf die Terrasse hinauszulassen. Als sie zurückkehrte, erzählte ihr Cettina wutentbrannt, Aurora habe Ninna-nanna mitgenommen und zu einer Freundin in einer Villa vor den Toren Roms gebracht, wo es einen verliebten Kater gab, und jetzt war Ninna-nanna davongelaufen, und man konnte sie nicht mehr finden. Aurora kam und sagte, es tue ihr leid, aber es sei doch ganz einfach, Ilaria müsse nur mit ihr in die Villa kommen und mit ihrer Stimme nach Ninna-nanna rufen. Wenn Ninna-nanna ihre Stimme höre, werde sie sofort zurückkommen, das sei doch ganz einfach, könne gar nicht einfacher sein. Ilaria und Aurora gingen dorthin. Auroras Freundin war Ilaria sofort sehr unsympathisch, sie war ein Mädchen mit gelangweiltem Aussehen und bot Ilaria nicht einmal eine Tasse Kaffee an. In der Villa war sie als Babysitter angestellt, und es gab mehrere Kinder, die von der Mutter, die in Ferien

gefahren war, ihrer Obhut anvertraut worden waren. Es waren schmutzige Kinder, um die sie sich überhaupt nicht zu kümmern schien. Vor der Villa lag ein großes Mohnfeld, und Aurora sagte zu Ilaria, in diese Richtung sei die Katze geflohen. Ilaria verbrachte den Vormittag damit, lauthals nach Ninna-nanna zu rufen, wobei sie sich lächerlich vorkam, während Aurora und ihre Freundin auf dem Feldrain saßen und sich über ihre eigenen Angelegenheiten unterhielten. Als Ilaria später an diesen Vormittag zurückdachte, kam es ihr so vor, als seien diese Felder in ihrer Weite und Verlassenheit eine Unglücksstätte und nicht fähig, Katzen auf die gleiche Weise wiederherzugeben, wie es manchmal die Dächer taten. Aurora sagte zu Ilaria, sie müßten jetzt gehen, denn ihre Freundin müsse das Mittagessen kochen. Es kam ein langer Nachmittag, den Ilaria mit Rirì, die sie zu trösten suchte, und mit Pietro verbrachte, der meinte, man müsse nunmehr ein Kreuz über die Katze Ninna-nanna machen, und alle beide erklärten Aurora für geradezu schwachsinnig. Ilaria erinnerte sich an eine Geste der Katze Ninna-nanna, bei der sie eine Pfote auf unzufriedene und angeekelte Art heftig schüttelte, wenn ihr Fressen zu heiß war, und Ilaria bemerkte dabei immer mehr, daß sie an sie wie an eine Tote dachte. Sie überlegte, daß die Katze, als sie in das Mohnfeld flüchtete, sich verraten und verkauft vorgekommen sein mußte und sicherlich über sie empört war, und dieser Gedanke war für sie von herzzerreißender Traurigkeit. Rirì riet, in der Gegend um das Mohnfeld Zettel zu verteilen, »Siamkatze mit gebogenem Schwanz entlaufen, dem Finder wird eine reichliche Belohnung zugesichert«, und darunter den Zunamen Boschivo und die Adresse. Gegen Abend rief Auroras unsympathische Freundin an, um zu sagen, wie man ihr mitgeteilt habe, sei in einer benachbarten Villa eine Katze zugelaufen, vielleicht handele es sich um Ninna-nanna, aber sie könne nicht dorthin gehen, weil sie mit den Leuten verzankt sei. So fuhren Rirì, Ilaria und Aurora mit Rirìs Auto dorthin, läuteten an einer Tür, an der »Marchese Paradiso« stand, und ein alter Herr in Schlafanzug und Schlappen öffnete, der verwundert und unangenehm berührt schien. Doch Rirì teilte dem alten Herrn sofort mit, daß gewisse Paradisos enge Freunde ihres Vetters Puccio Paglia waren, und auf diesen Puccio Paglia baute sich ein eiliges, aber freundliches Gespräch auf. Der alte Herr sagte, in seiner Garage befinde sich tatsächlich eine Katze. Sie hatte sich in einem Mauerloch verkrochen, und aus diesem Loch hörte man sie miauen. Mit einer Handvoll Plätzchen, die der alte Herr freundlicherweise beschaffte, gingen sie in die Garage. »Komm, Ninna-nanna, komm, liebes Kätzchen, komm, mein Liebes«, murmelte Ilaria vor dieser Mauer. Schließlich konnte man die

Katze Ninna-nanna am Schwanz packen und sie schmutzig von Kalk und Staub und wahnsinnig vor Angst herausziehen. Zu Hause sagte Pietro zu Aurora, wenn sie sich noch einmal an den Katzen ihrer Mutter vergreife, werde er ihr schlichtweg den Hals umdrehen. Ninna-nanna war zu dem Schüsselchen mit Wasser gelaufen und hatte, schwer atmend, das Wasser hinuntergestürzt, dann hatte sie sich erschöpft schlafen gelegt und hatte den ganzen Tag verschlafen. Rirì sagte zu Ilaria, sie solle dem Marchese Paradiso, von dem sie inzwischen erfahren hatte, er sei ein steinreicher geiziger alter Schwuler, dem die Frau davongelaufen war, einen großen Strauß roter Rosen schicken.

Aurora teilte Ilaria mit, daß sie mit Emanuele aufs Land ziehe, in ein Haus, das Freunde von Emanuele ihnen in der Nähe von Viterbo überließen. Es war ein Haus ohne Wasser und Licht, lag aber in einer herrlichen Gegend. Aurora bat Pietro um ein bißchen Geld, um die Miete für ein Jahr vorauszuzahlen, fügte aber hinzu, sie werde ihn künftig um nichts mehr angehen, denn sie und Emanuele würden zusammen Fotoromane texten und auf dem Land mit nichts auskommen, da sie in einem Gemüsegarten beim Haus Salat und Tomaten ziehen würden. Ilaria verlangte, daß sie Emanuele wenigstens einmal zu sehen bekam. Aurora brachte ihn ihr. Emanuele war blaß und dick, mit einem dichten Bart von einem häßlichen Blond und einer schwarzen Samtjacke, die mit einem Knopf über seinem dicken Bauch zusammengeknöpft war, und trug unter der Jacke einen Kittel aus gelber Kunstseide. Ilaria gelang es nicht, sich von ihm ein Bild zu machen, weil er in all der Zeit, die er bei ihr im Wohnzimmer verbrachte, kaum ein Wort sprach und lediglich Ninna-nanna in den Arm nahm und mit einer Frauenhand, an deren kleinem Finger er einen bildgeschmückten Ring trug, ihren Schwanz streichelte. Während er dasaß, hielt sich Aurora in der Wohnung nebenan auf, um Koffer zu packen, die Stunden verstrichen, und Ilaria bemühte sich, Emanuele zu unterhalten, indem sie einige unsichere Fragen stellte, doch er antwortete einsilbig, streichelte dabei dauernd die Katze und flüsterte ihr etwas ins Ohr. Dann kam Aurora mit den Koffern, sie und Emanuele trugen sie nach unten, und Ilaria, die am Fenster stand, sah, daß sie sie in einen Volkswagen mit verbeulten Kotflügeln luden. In diesem Augenblick kam Aldo hinzu, der ihnen half, einen der Koffer mit einem Seil auf dem Gepäckträger zu befestigen. Aurora verließ einige Tage später endgültig das Haus. Sie hatte einen Kleinlaster kommen und den Kühlschrank, einen Schreibtisch und noch nie gebrauchtes Geschirr darauf laden lassen. In der Wohnung blieb lediglich Aldo zurück, und Pietro bat Ilaria, ihm mit allem

Zartgefühl nahezulegen, er solle ausziehen. Die Wohnung konnte man ja vermieten. Aber Ilaria wußte von Cettina, daß Aldo noch kein Zimmer hatte, denn das Zimmer, das er mit einem Freund zusammen gefunden und wohin er schon einige Sachen gebracht hatte, war geplatzt, wie er es Cettina gegenüber ausdrückte. Gleichwohl ging Ilaria zu Aldo. Sie traf ihn dabei an, Brettchen für seine Marionetten zu zersägen, und zwar mit nacktem Oberkörper, der tabakfarbene Pullover hing zum Trocknen auf dem Balkon. Aldo empfing sie mit freundlichen Worten, und Ilaria dachte, daß er ihr besser als Emanuele vorkam, freundlicher und etwas gesprächsfreudiger. Aldo erzählte ihr, daß er mit seinen Marionetten Glück habe, vielleicht werde es ihm gelingen, zusammen mit Freunden in einem Keller ein kleines Theater zu installieren, dem sie den Namen Mustafà geben wollten. Er versicherte, er werde ausziehen, sobald er eine mögliche Regelung gefunden habe, man hatte ihm von einer sehr schönen kleinen Wohnung in der Gegend des Testaccio gesprochen, man müsse jedoch abwarten, bis der Besitzer einen Mieter rausgeschmissen habe. Ilaria bat Pietro, Geduld zu haben, der arme Aldo tue ihr leid und erinnere sie an die Zeit, als er und Aurora so einmütig und glücklich wirkten. Aurora habe auch den Kühlschrank mitgenommen, und Aldo habe nun nicht einmal mehr die Möglichkeit, eine Flasche kaltes Wasser zu trinken, wenn er Durst habe.

Eines Tages wurde Ilaria von einer Nonne angerufen. Diese Nonne teilte ihr mit, in der Poliklinik, in der sie Nachtschwester war, liege ein armes krankes Mädchen, daß die Signora Boschivo bitte, sie zu besuchen. Das Mädchen hieß Maria Ombra Conci. Zuerst verstand Ilaria nicht, um wen es sich handelte, dann begriff sie, daß es um Ombretta ging. Sie machte sich auf zur Poliklinik. Anfangs erkannte sie Ombretta nicht wieder, weil sie ihre Haare mit Wasserstoff gebleicht hatte und ihr Kopf jetzt einem gelben Busch glich. Sie saß in einem türkisblauen wattierten Morgenrock auf ihrem Bett in einem Krankensaal und warf sich Ilaria weinend an den Hals. Dann putzte sie sich mit einem Taschentüchlein, das nach Kölnischwasser roch, geräuschvoll die Nase und erzählte, sie sei todkrank gewesen. Sie hatte eine Bauchfellentzündung gehabt. Schuld daran war die Journalistin. Diese Journalistin hatte ihr zu verstehen gegeben, daß sie sie als Sekretärin anstellen wolle, dann aber hatte sie sie bei Verwandten von sich in einem Haushalt von mindestens zehn Personen als Dienstmädchen untergebracht, und eines Tages, als sie verschwitzt war, hatte man ihr befohlen, Weinkisten in den Keller zu tragen, nachts hatte sie hohes Fieber mit Erbrechen und Bauchschmerzen bekommen, sie hatten sie eilends nach Florenz ins

Krankenhaus bringen müssen, dort hatte man sie operiert und sie war zwei Monate geblieben. Dann hatte sie in Florenz selbst eine Stellung in einer Bar gefunden, und dort hatte sie einen sehr anständigen Buchhalter kennengelernt, der sie nach Rom zu seinen Verwandten mitgenommen hatte. Zum Abendessen hatte es Tintenfische am Spieß gegeben, und diese Tintenfische waren ihr nicht bekommen, entweder waren sie nicht mehr frisch oder es war zuviel Pfeffer daran, so war sie, vielleicht, weil sie von der Bauchfellentzündung noch geschwächt war, bei Tisch ohnmächtig zusammengebrochen, und der Buchhalter hatte sie zum Notdienst gebracht, wo sie noch eine heftige Blutung bekam. Als der Buchhalter das Blut sah, erschrak er und besuchte sie nur ein einziges Mal, um ihr zu sagen, er heirate sie nicht, weil sie nicht recht gesund sei. Und dabei war sie doch immer so gesund gewesen, sie könne sich noch daran erinnern, wie gesund sie gewesen sei, ehe sie in Florenz gelandet war, sie konnten doch bezeugen, daß sie eine starke Leber und eine starke Lunge gehabt habe und auch sonst alles an ihr stark gewesen sei. Sie bat Ilaria um ein bißchen Geld, um sich Orangen und Zigaretten kaufen zu können, denn sie habe keine einzige Lira mehr in ihrem Portemonnaie, sie öffnete ihr Portemonnaie, in dem eine Telefonmünze und ein Bonbon lagen. Die Verwandten der Journalistin schuldeten ihr das Gehalt

für zwei Monate, und sie hatte einen schönen neuen Mantel aus leichter rosa Wolle bei ihnen gelassen.
Ilaria sprach mit der Stationsschwester, die ihr sagte, Maria Ombra Conci habe früher tatsächlich eine Bauchfellentzündung gehabt, doch jetzt handele es sich um eine Ausschabung wegen eines Aborts, und in der Tat lag sie in der gynäkologischen Abteilung. Eine Woche später landete Ombretta in schwarzen ausgestellten Hosen und einem gelben Pulli in bester Gesundheit bei ihnen. Sie sagte, sie sei gekommen, um ihre Sachen abzuholen. Aber als sie in der Küche saß, brach sie in Tränen aus und bat darum, hier ein paar Tage schlafen zu dürfen, denn sie habe keinen Ort, wo sie unterkommen könne. Nach einiger Zeit kam Pietro dazu und sagte, sie könne auch für immer dableiben, wenn sie sich nicht mehr als so unbrauchbar erweise wie bisher. So kehrte Ombretta zurück, nistete sich im Fremdenzimmer ein, und in den ersten Tagen stand sie im Morgengrauen auf, um die Fenster zu putzen, zu bügeln und langwierige komplizierte Gerichte zuzubereiten, da sie in der Zwischenzeit, wie sie sagte, ein bißchen kochen gelernt hatte. Dann ermüdete sie, schlief wieder so lange wie früher, stand schließlich benommen und mit verschwollenen Augen auf, um ihre Sonnenbäder auf der Terrasse wieder aufzunehmen, und alle waren darüber erleichtert,

denn die Mahlzeiten, die sie kochte, waren bemerkenswert schlecht gewesen.

Rirì sagte, sie hätten verkehrt daran getan, sie wieder aufzunehmen, denn sie würden mit ihr sicher noch Ärger bekommen. Cettina dagegen meinte, sie hätten recht daran getan, denn Ombretta habe ein gutes Herz, und wenn man mit ein bißchen Geduld hinter ihr hersei, könne sie auch ein Mädchen mit goldenen Händen werden. Und vor allem hätten sie recht daran getan, weil sie sonst als Nutte geendet hätte. In den ersten Tagen nach ihrer Rückkehr überschüttete Ombretta Ilaria mit ihren Fragen, ob es sicher sei, daß Pelzchen wirklich gestorben war, wo Aurora steckte und warum Aldo nicht mehr zum Essen komme und ob es wahr sei, daß Pietro eine zwar nicht schöne, aber milliardenschwere Kleine heirate, die Petronilla oder so ähnlich heiße. Über das Verschwinden von Pelzchen weinte sie. Sie weinte auch über das Ende von Auroras Ehe und Aldos Einsamkeit. Sie wunderte sich über Pietros bevorstehende Hochzeit und weinte. Denn sie verfügte, so sagte sie, über einen wahren Vorrat von Tränen, weil sie schlimme Monate hinter sich hatte, in dem unseligen Haus bei den Verwandten der Journalistin mißhandelt und gedemütigt worden und dem Tod nahegewesen sei.

Die Katze Ninna-nanna war inzwischen herangewachsen und war eine schmale Katze mit dunklem

Fell. Seit dem Tag, an dem sie glaubte, sie in dem Mohnfeld verloren zu haben, mochte Ilaria sie lieber und überlegte, wie sich auch auf dem Rücken von Katzen Tage und Jahre anhäuften, so daß, wenn wir sie zu unseren Füßen schweigend vorbeistreichen sehen, in unserer Erinnerung alle die Dinge bedrückend vorüberziehen, die geschehen sind. Sie fragte sich, ob die Kätzin ohne eine andere Katze, die ihr Gesellschaft leistete, so allein mit ihnen sich nicht unglücklich fühle. Wie sehr mußten Katzen sich mit Menschen langweilen, dachte sie. Es war wieder Sommer geworden. Diesmal blieb Ilaria nicht allein, weil niemand verreiste, Pietro mußte sich um sein Haus an der Via Cassia kümmern, Cettina wollte nicht in Ferien fahren, weil sie sich zu alt und zu müde fühlte, um eine Reise zu unternehmen. Was Ombretta betraf, so ging sie jetzt zu einem Maskenbildner, um die Kunst des Schminkens zu erlernen, und war vormittags nicht zu Hause. Nachmittags war sie allerdings da und übte, indem sie sich Schönheitsmasken auflegte und infolgedessen manchmal mit einer Art blauem Ton auf dem Gesicht erschien. Auf der Terrasse waren weder Blumen noch Bäume gepflanzt worden, und es war immer noch lediglich der große Sonnenschirm da, doch die Hitze war so groß, daß man der Sonne selbst unter diesem Schirm nicht standhalten konnte, und Pietro ging nur gegen

Abend mit seiner Campinglampe hinauf, um auf der Maschine zu schreiben. Gegen Abend kam auch das Nönnchen mit seiner Gitarre. Ilaria und Rirì fuhren fort, sie »das Nönnchen« zu nennen, doch Ilaria verstand nicht recht, weshalb sie die Gewohnheit angenommen hatte, sie so zu nennen. Das Nönnchen setzte sich mit seiner Gitarre auf den Boden und lehnte seine goldfarbene Mähne, die Pietro jetzt ein wenig zerstreuter streichelte als einst, an seine Knie. Sie sang das Lied »Borghesia«, das Pietro früher so gut gefallen hatte, dessen er aber inzwischen überdrüssig geworden war. »Altes Kleinbürgertum/ du bist zwar winzig klein/ doch in deiner Kleinheit flößt du mir Wut/ Kummer, Ekel und Melancholie ein«, sang auch Ombretta, wenn sie im Strandanzug und mit einem Gesicht, das mit blauem Ton bedeckt war, durch das Haus ging.

Pietros Ehe dauerte sieben Monate. Es fand eine große Hochzeit mit einem Empfang im Hilton Hotel statt. Es war September. Ilaria hatte sich ein langes Kleid aus brauner Seide machen lassen. Aurora kam mit Emanuele vom Land. Ilaria hatte sie schon fünf- oder sechsmal besucht, immer wenn Emanuele nicht da war, denn Emanuele, so behauptete Aurora, hatte eine schwierige Beziehung zu seiner Mutter und deshalb auch zu den Müttern der anderen. Aurora war schwanger. An Pietros Hochzeitstag trug sie ein Umstandskleid aus staubig rotem Samt, das zu kurz und zu eng und mit Katzenhaaren übersät war, denn auf dem Land hielt Aurora drei Katzen und zwei Hunde. Die Katzen waren keine Siamkatzen und hießen Notte, Nacht, Giorno, Tag und Sera, Abend. Die Hunde, Paolo und Giulio, waren zwei Bastarde, die so groß wie Kühe waren. Aurora hatte erklärt, daß sie ihre Katzen auf eine andere Art als Ilaria hielten, vor allem ließen sie sie vollständig frei und dachten nicht ängstlich und geradezu besessen an sie. Manchmal dachten sie nicht einmal daran, ihnen zu fressen zu geben. Trotzdem waren die Katzen gesund. Emanuele hatte sich an der Hochzeit in eine Ecke verdrückt, trug die übliche enge Samtjacke und trank Whisky, ohne mit jemandem ein Wort zu wechseln. Zu Ilaria sagte er »ciao«, wobei er ihre Hand kaum mit der seinen berührte, die so schlaff wie eh und je war. Dann kehrte er ihr sofort den Rücken. Aurora sagte, daß er ein Mutterproblem habe. Das Landhaus, in dem Aurora und Emanuele wohnten, gefiel Ilaria ganz und gar nicht, denn es war eine Art Scheune, weitläufig und schmutzig, in einer sonnenüberfluteten, trostlosen Ebene ohne einen Baum gelegen. Und Emanuele gefiel ihr ebenfalls nicht. Bei der Hochzeit war auch Aldo, und auch er saß trinkend und einsam in einer entlegenen Ecke. Pietro hatte gefunden, es sei nett, ihn einzuladen. Er hoffte immer noch darauf, daß er aus der Wohnung auszöge, fand ihn aber sympathischer als zu der Zeit, als er mit Aurora zusammenlebte, denn diese Ehe war so sinnlos gewesen, daß ihr Auffliegen vielleicht nicht Aurora, aber ganz sicher Aldo gebessert hatte, der jetzt nicht mehr so verschlafen wirkte. Unglück und Demütigungen wecken die Menschen manchmal, sagte Pietro. Doch die Marionetten seien wirklich häßlich. Auch Rirì war zugegen und strahlte, denn sie hatte beschlossen, daß sie auf Pietros Hochzeit strahlender denn je erscheinen müsse, hatte sich ein Kleid mit großen roten Rosen angezogen, trug eine rote Rose im Haar, die echt war, und man konnte ihr ansehen, daß sie sich für sehr viel schöner als diese Mikrobe mit dem olivfarbenen Gesicht und einem langen Zigeunerrock mit Spitzenbluse hielt, wobei die Bluse zu elegant war und nicht zum Rock paßte, dazu kam der Wald von herrlichen, aber ungepflegten Haaren, die Entenschnabelnase, der kleine bleiche Mund, der wie der von Aldo immer ein bißchen schmollte. Alle Verwandten des Nönnchens waren anwesend, gräßliche Leute, sagte Rirì zu Ilaria, Milliardäre und Steuerhinterzieher. Sie, das Nönnchen, spielte die Revolutionärin. Sie war, sagte Rirì, wenn man die Absätze dazurechnete, sicher nicht mehr als einen Meter fünfundfünfzig groß. An diesem Tag trug sie hohe Absätze. Gewöhnlich hatte sie Stiefel an und sah, so fand Rirì, wie der gestiefelte Kater aus. Aber nein, sie mit einer

Katze zu vergleichen, hieße, ihr zu viel Ehre antun. Das Haus an der Via Cassia hatte Pietro zum Glück nicht auf ihren, sondern auf seinen Namen eintragen lassen, hatte aber einen Augenblick die Idee gehabt, es auf das Nönnchen eintragen zu lassen. Sein Schutzengel, sagte Rirì, habe die Hand auf Pietros Schulter gehalten.
Dann brachen Pietro und das Nönnchen zu einer Hochzeitsreise nach Holland auf, alle beide mit einer Schreibmaschine, weil Pietro seine Erinnerungen fortsetzen und das Nönnchen an einer Examensarbeit schreiben wollte, die es über Caravaggio machte.
In das Haus an der Via Cassia zogen Pietro und das Nönnchen nie. Als sie von der Hochzeitsreise zurückkehrten, ließen sie sich in der oberen Wohnung nieder. Ilaria fragte sie an den ersten Tagen, ob sie bei ihr essen wollten. Das Nönnchen antwortete, ja danke, später werde sich eine andere Lösung finden, später werde Ombretta kochen lernen. Es endete damit, daß Ilaria immer die Mahlzeiten für alle zubereitete, ohne auch nur zu fragen, ob sie das wollten. In den ersten Tagen waren sie mit einem Architekten, der mit Pietro befreundet war, in das Haus an der Via Cassia gegangen, um neue Bäder, Vorhänge und Teppichböden zu planen, dann sagten sie, der Freund sei in Ferien, und gingen nie wieder hin. Rirì behauptete, ihrer Ansicht nach sei diese Ehe

bereits im Wanken. Vermutlich stimmten sie im Bett nicht überein. Pietro kam häufig herunter und setzte sich in seinen gewohnten Sessel zu Füßen der Wendeltreppe. Er legte keine Patience. Er schrieb nicht auf der Maschine. Er hatte zu Ilaria gesagt, seine Erinnerungen seien zum Stillstand gekommen. So saß er Stunde um Stunde da, ohne etwas zu tun, rauchte und strich sich über das Kinn, die Wangen, das Haar. Das Nönnchen stand spät auf. Manchmal hörte man aus den oberen Räumen ihre scharfe Stimme, die das Lied »Borghesia« sang. »Sie kann nur das eine«, behauptete Ombretta. Die Beziehungen zwischen Ombretta und dem Nönnchen waren schlecht. Das Nönnchen hatte zu Ombretta gesagt, sie habe einen Hängebusen, und wenn sie nicht beizeiten etwas dagegen unternehme, hänge er ihr, wenn sie dreißig sei, bis auf die Schenkel hinab.

Pietros Hemden und die Kleider des Nönnchens bügelte Ilaria in der unteren Wohnung. Cettina bügelte nicht, weil sie müde war und nicht lange stehen konnte, und Ombretta bügelte nicht, weil sie sich, wie sie sagte, vor dem Bügeln fürchte. »Praktisch bist du also ihr Dienstmädchen, wie man unschwer voraussagen konnte«, meinte Rirì. Bei Tisch sprachen Ilaria, Pietro und das Nönnchen wohlerzogen von gleichgültigen, sie nicht berührenden Dingen. Über das Essen, über gewisse Verwandte des Nönnchens, die Ilaria auf der Hochzeit kennengelernt hatte und die jetzt als Konversationsstoff sehr nützlich waren, noch einmal über das Essen, über die Vorhänge, die für das Haus an der Via Cassia vorgesehen und schon gekauft, aber vielleicht zu dunkel waren, und über Caravaggio. Eines Abends kam Aldo und wollte um einen Schraubenzieher bitten. Pietro empfing ihn mit großer Freude. Er forderte ihn auf, zum Abendessen zu bleiben. Dann sah Aldo die Gitarre. Auch er spielte Gitarre. Aldo und das Nönnchen sangen zusammen zahlreiche Lieder und begleiteten einander abwechselnd auf der Gitarre. Natürlich sangen sie auch das Lied »Borghesia«. Der Kamin brannte, weil das Nönnchen verrückt auf den Kamin war, Pietro stocherte in der Asche, Ilaria strickte für Auroras Kind, das demnächst geboren werden sollte, Ombretta und Cettina standen lauschend an der Tür. Ilaria fand es einen geruhsamen Abend, was die Abende gewöhnlich nicht waren, die zwar scheinbar geruhsam, aber von einem geheimen Unbehagen erfüllt waren, und sie überlegte, daß Aldos Gegenwart bewirkte, daß alle sich besser fühlten. Aldo sei sympathisch, sagte Pietro später. Man verstand zwar nicht, weshalb er so sympathisch war, da er nie etwas Besonderes sagte, aber er hatte eine Art, das Leben nachgiebig, leicht und freundlich zu nehmen. Er könne auch für immer in seiner Wohnung bleiben, fuhr Pietro fort, denn an seiner

statt konnte auch ein höchst unsympathischer Mieter dort einziehen, der am Ende nicht einmal zahlte. Aldo zahlte zwar auch nicht, aber vielleicht würde er es später tun, wenn er angefangen hatte, mit seinen häßlichen Marionetten etwas zu verdienen. Jetzt konnte er es nicht, er hatte ja nur das bißchen Geld, das ihm seine Mutter gab.
Das Nönnchen nahm die Gewohnheit an, in die Wohnung nebenan zu gehen, mit Aldo Gitarre zu spielen und ihm zuzuschauen, wenn er seine Marionetten herstellte, den tabakfarbenen Pullover wusch oder sich Mahlzeiten aus Milch, Käse und Eiern zubereitete, die er zusammenrührte. Er hatte aufgehört, in den Schnellimbiß zu gehen. Das Nönnchen half Aldo beim Anmalen der Marionetten und beim Ankleben ihrer langen Schnurrbärte aus rotem Garn. Ihr gefielen die Marionetten. Sie fand sie nicht häßlich. Aldo hatte jetzt seinen Hund Igor bei sich, einen großen Wolfshund, denn Aldos Mutter lag im Krankenhaus und war wegen eines Magengeschwürs operiert worden. Das Nönnchen nahm den Hund und ging mit ihm spazieren, und Ilaria sah aus dem Fenster, wie der große Hund die kleine Person mit ihren hohen Stiefeln und ihrer Entenschnabelnase, die rot vor Kälte war, hinter sich herzerrte.
Eines Abends kam Rirì mit ihrem ältesten Sohn, der so rote Backen hatte, daß sie wie zwei Beefsteaks aussahen, zum Abendessen. Rirì hatte einen

Fasan mitgebracht, der schon fertig zubereitet war und den ihr Sohn auf der Jagd erlegt hatte. Während sie den Fasan aßen, sagte das Nönnchen, sie sei gegen die Jagd. Es sei doch schrecklich, die armen Vögel umzubringen. So fingen Rirì und ihr Sohn mit dem Nönnchen Streit an, Pietro behauptete, auch er sei gegen die Jagd, und Rirì nannte sie gemein, denn sie habe den Nachmittag damit verbracht, den Fasan mit Barolo und viel Liebe zuzubereiten, und ihr Sohn sei auf der Fasanenjagd kräftig eingeregnet. Darauf folgte tiefes Schweigen, Rirì erklärte, sie habe starkes Kopfweh, der Sohn schwieg mit den Händen zwischen den Knien, das Nönnchen hatte sich gleich nach dem Abendessen daran gemacht, den Saum eines ihrer Kleider umzunähen, Aldo und Pietro spielten Schach. Am nächsten Tag rief Rirì Ilaria an und sagte ihr, es sei schrecklich gewesen und sie könne auch Aldo nicht ausstehen mit seinem tabakfarbenen Pullover und seiner Angewohnheit, auf den Stühlen zu schaukeln und sich am Kopf und auf dem Rücken zu kratzen. Pietro sagte zu Ilaria, sie möge die Ginevra bitte nicht mehr für ihn einladen und auch ihren Sohn nicht, der ein vollkommener Trottel sei, denn er könne sie beide nicht ertragen, da er, abgesehen von allem anderen, aus verschiedenen Gründen, die er nicht näher erläuterte, eine depressive Phase durchmache. Ilaria dachte daran, daß er so viele Jahre die

Abende in Ilarias Haus verbracht, mit ihren Kindern Tischtennis und Dame gespielt hatte, aber sie sagte nichts, weil sie ihn nicht reizen wollte und es seit langem aufgegeben hatte, den anderen zu sagen, was sie dachte.
In diesem Winter bekam die Katze Ninna-nanna Junge. Das heißt, sie bekam nur ein einziges Kätzchen, das den Namen Solo erhielt und sofort starb. Man hatte sie mit dem Kater des Metzgers gepaart, einem großen Siamkater, der scheu und widerspenstig war, nicht so aussah, als ob es ihn zu Katzen hinziehe, und sich unter den Schränken versteckte.
Eines Tages, es war der dreißigste Dezember, gingen Aldo und das Nönnchen zusammen fort. Ilaria war in der Klinik bei Aurora, die ein kleines Mädchen bekommen hatte. Nach einer Nacht, die sie, ohne ins Bett zu gehen, im Wartezimmer der Klinik neben Emanuele verbracht hatte, der während des Wartens Kreuzworträtsel löste und Bier aus Büchsen trank, kehrte sie am Morgen todmüde nach Hause zurück. Emanuele hatte ihr ab und zu in einem Pappbecher Bier angeboten. Wenn er nicht zurechtkam, richtete er hin und wieder eine Frage an sie. Das Bier, der Pappbecher und seine Fragen waren die einzigen Zeichen oberflächlicher Freundlichkeit, die er ihr je gegeben hatte. Zu Hause traf Ilaria Pietro allein an. Er saß in seinem gewohnten Sessel. Über dem Schlafanzug trug er

einen dicken Pullover und stocherte in der Glut des Kamins. Ilaria wagte nicht zu fragen, wo das Nönnchen sei. Sie begann, von dem Kind zu erzählen, und Pietro fragte ein bißchen nach dem Kind, aber wenig. Dann zeigte er ihr einen Brief. Eher als ein Brief war es ein spärliches Gekritzel auf einer Heftseite. »Wegen meiner Kleider schicke ich den Fahrer meiner Eltern. Domitilla.« »Sie ist mit Aldo fortgegangen«, sagte Pietro. »Sie schliefen seit ein oder zwei Monaten zusammen. Ombretta hat es mir gesagt. Sie hat die beiden im Bett überrascht. Ombretta ist gekommen, um es mir zu sagen. Auch Ombretta ging mit Aldo ins Bett. Deshalb hatte sie den Schlüssel. Als Domitilla kam, habe ich sie gefragt, ob es stimme, daß sie mit Aldo schlafe, und sie hat geantwortet, ja, es stimme. Seit ein oder zwei Monaten. Sie erinnere sich nicht genau daran. Für sie sei es keine Sache von Bedeutung, sagte sie. Doch mit mir fühle sie sich nicht wohl. Sie verstehe nicht mehr, weshalb sie mich geheiratet habe. Ich habe ihr eine Ohrfeige gegeben. Sie blieb so ruhig und so bleich wie zuvor und zog sich die Stiefel an. Sie ist ausgegangen, und dann ist sie zurückgekommen. Sie hat mir gesagt, sie und Aldo gingen nach Cap Circeo. Ihre Eltern haben dort eine Villa. Sie hat mich gefragt, ob ich auch Aldo auf Wiedersehen sagen möchte. Doch ich hatte keine Lust dazu. Nicht einmal dazu, ihn zu ohrfeigen. Zu gar nichts. Ich habe mich hierhergesetzt. Ich habe die Nacht hier verbracht. Ich hörte, wie sie oben herumwirtschaftete. Dann bin ich eingeschlafen, ich bin in den Schlaf gesunken, wie man in einem Abgrund versinkt. Als ich wieder aufwachte, hörte ich das Geräusch des Motorrads auf der Straße. Der Morgen graute. Ich habe sie auf dem Motorrad fortfahren sehen, sie mit einem Tornister auf dem Rücken. Der Hund war nicht da, ich weiß nicht, was sie mit dem Hund angefangen haben.« Wenig später kam der Portier, um zu sagen, Aldos Hund sei bei ihm geblieben, Aldo habe ihn gebeten, ihn für ein paar Stunden zu behalten, er habe ihn in seiner Portiersloge an die Leine gelegt, aber jetzt belle der Hund, er habe vielleicht Hunger. Ilaria gab ihm eine Tüte mit Essensresten. Dann kam der Fahrer der Eltern des Nönnchens, ein kleiner untersetzter Mann, nahm die Koffer mit den Kleidern, die bereits verschlossen im Schlafzimmer oben standen, und die Gitarre und sagte, er habe den Auftrag, beim Portier auch einen Wolfshund namens Igor abzuholen.

Cettina sagte zu Ilaria, Ombretta gehe es sehr schlecht. Sie hatte sich im Fremdenzimmer aufs Bett geworfen und schluchzte. Sie sagte zu Ilaria, es tue ihr alles weh, der Bauch, der Magen und das Herz. Sie behauptete, sie werde in ihrem Leben keinen Frieden mehr finden, denn sie werde sich immer dieser schrecklichen Augenblicke erinnern. Sie war zu Aldo gegangen, um ihm eine Flasche

Spumante und einen Panettone zu bringen, die sie und Cettina zusammen für Aldo gekauft hatten, weil es ihnen leidtat, daß er die Feiertage dort allein verbrachte. Am Eingang hatte sie den Hund und im Schlafzimmer die beiden angetroffen, sie habe sich sofort still und leise davongeschlichen und habe nur eins im Kopf gehabt, es dem Herrn Doktor zu sagen. Der Herr Doktor war Pietro. Der Herr Doktor war ganz blaß geworden und hatte wie ein Toter ausgesehen. Diese Person war doch eine kleine Nutte. Und eine Schlange war sie auch. Einmal hatte sie gesagt, daß sie, Ombretta, zu nichts gut sei und den Schmutz liegen lasse. Ein anderes Mal hatte sie ihr gesagt, sie habe Brüste wie zwei Auberginen. Das war reiner Neid. Die Brüste der Schlange waren nämlich nur zwei grüne Äpfelchen. Cettina kam mit einer Tasse Brühe. Aber Ombretta sagte, es sei ihr nicht danach, etwas zu sich zu nehmen, ihr Magen brenne wie Feuer. Auf dem Boden neben der Tür standen eine Flasche Asti Spumante und ein kiloschwerer Panettone, die in rotes, mit goldenen Sternen übersätes Papier eingewickelt waren.

Ilaria bekam weder Aldo noch das Nönnchen je wieder zu Gesicht. Aldo schrieb einen Brief an Cettina und bat sie, ihm seine Sachen, die er in der Wohnung gelassen hatte, zu seiner Mutter nach Hause zu schicken. Cettina konnte nicht lesen und bat Ilaria, ihr den Brief, ein kurzes unzusammenhängendes Gekritzel mit Grüßen an alle, vorzulesen. Ilaria und Cettina gingen in die Wohnung nebenan und sammelten die fünf oder sechs Marionetten auf, die herumlagen, die Säge und ein paar verstreute Fetzen. Wäsche und Kleider waren kaum vorhanden, eine Windjacke, ein Paar doppelt zusammengelegte Jeans, ein Paar schmutziger, derber Schuhe. Aldo schrieb noch einmal einen Brief, um sich zu bedanken. Der erste Brief kam von Cap Circeo, der jetzige aus London. Pietro traf sich bei einem Anwalt mit den Eltern des Nönnchens, und das Verfahren für die von beiden Seiten gewünschte Trennung wurde eingeleitet. Was Aurora und Aldo anging, so hatten sie sich nie darum gekümmert, zu Anwälten zu gehen, und Auroras kleines Mädchen hieß mit Zunamen Palermo wie Aldo, so lange er seine Vaterschaft nicht anfocht.

Dann fuhr Pietro mit Rirì in die Toscana nach Consuma, in das Haus, das sie dort hatte, und sie verbrachten dort einen Monat. Als er zurückkam, war er sonnengebräunt und kerngesund, da er eine aufbauende Kur und lange Spaziergänge zu Fuß gemacht hatte. Rirì erzählte, sie habe versucht, ihn zu überreden, die vielbesprochenen Grundstücke in der Basilicata zu verkaufen, die gegenwärtig hoch im Kurs standen, weil eine Baugenehmigung für sie vorlag. Es war ihr jedoch nicht gelungen, ihn zu überzeugen, es war einfach nicht möglich, er

wollte dieses Land durchaus nicht verkaufen, und es blieb unverständlich, warum. Dagegen verkaufte er das Haus an der Via Cassia in großer Eile und verlor dabei Geld, wenigstens zwanzig Millionen, meinte Rirì. Übrig behielt er Meter um Meter von Vorhangstoff, die er in einem Schrank in seinem Schlafzimmer liegen hatte und die Rirì schließlich für ihre Mutter kaufte.
Pietro sagte zu Ilaria, sie solle Ombretta entlassen, denn wenn er sie sah, sah er jedesmal die Flasche Spumante und den Panettone vor sich, und ihre Gegenwart war ihm unangenehm. Doch inzwischen hatte Ombretta sich mit einer Nierenkolik ins Bett gelegt, und man mußte warten, bis es ihr wieder gutging, um sie fortzuschicken.
Dann starb Cettina. Sie verlosch im Schlaf. Eines Morgens hatte Ombretta das Zimmer am Ende des Ganges betreten, in dem Cettina schlief, und hatte einen schrillen Schrei ausgestoßen. Zu Cettinas Begräbnis gingen Ilaria, Pietro, Rirì und eine Nichte Cettinas, eine Bäckersfrau. Ombretta, die krank war, blieb zu Hause. Sie sagte, sie wolle fortgehen, denn sie habe das Gefühl, überall in der Wohnung groß, gebeugt, mit langer Nase und mit ihrer schwarzen Kittelschürze Cettina zu begegnen.
Ilaria rief Rirì an, um sie zu fragen, ob sie für Ombretta eine Stelle auftreiben könne. Rirì schickte sie zu ihrer Schwiegermutter. Im Haus

der Schwiegermutter wurde Ombretta in eine braune Kittelschürze mit rundem weißem Pikeekragen gesteckt und gelehrt, wie man bei Tisch bedient. Ombretta blieb jedoch nur zwei Wochen dort, dann verschwand sie und ließ nie wieder von sich hören.

Nun waren Ilaria und Pietro allein mit der Katze Ninna-nanna in der Wohnung oder, richtiger, in ihren beiden Wohnungen. Die Katze war wieder mit dem scheuen Kater des Metzgers gepaart worden und war neuerlich trächtig. Pietro und Ilaria hatten immer wenig miteinander gesprochen und fuhren fort, wenig miteinander zu sprechen. Er entschuldigte sich jetzt, wenn er ihr seine Hemden zum Bügeln gab, weil Cettina nicht mehr da sei. Er wußte nicht oder hatte es vergessen, daß Cettina keine Hemden bügelte. Von Aldo und dem Nönnchen sprach man nie, als hätten sie nie existiert. Ilaria wußte, daß sie nach ihrer Rückkehr aus London nach Cerveteri in ein alleinstehendes Bauernhaus gezogen waren, das die Eltern des Nönnchens für sie gekauft hatten, und dort züchteten sie Pferde. Aurora schrieb Aldo nach Cerveteri und forderte ihn auf, sich um die Anfechtung der Vaterschaft zu kümmern. Aurora war wieder schwanger. Aldo antwortete ihr und versprach, sich um die Angelegenheit zu kümmern. Er habe viel mit den Pferden zu tun. Er machte keine Marionetten mehr. Er hatte ihnen Lebewohl

gesagt. Sein Brief war ein kurzes, liebevolles und unzusammenhängendes Gekritzel.
Eines Tages kam Aurora vom Land und bat Pietro um Geld. Emanuele hatte das Haus in der Umgebung von Viterbo gekauft und hatte sich dazu von einem Freund ein Darlehen geben lassen, und jetzt mußten sie Monat um Monat die Schulden zurückbezahlen. Pietro erklärte, daß er im Augenblick nur wenig Geld habe. Für das Antiquariat war der Moment ungünstig. Aurora flehte ihn an, das Land in der Basilicata zu verkaufen. Pietro sagte, er habe, zumindest gegenwärtig, keine Lust dazu, zu verkaufen. Sie stritten, und Aurora ging wütend fort. Pietro folgte ihr die Treppe hinunter, holte sie in die Wohnung zurück, Ilaria weinte, und sie schlossen Frieden. Aurora erzählte, Emanuele und sie seien dabei, ein Buch zu schreiben, und ein Verleger habe ihnen einen Vorschuß versprochen. Pietro sagte, er hoffe, mit Puccio Paglia, einem Vetter Riris, ins Geschäft zu kommen, und wenn ihm das gelinge, werde der Horizont sich aufheitern. Aurora bekam ein zweites Mädchen. Diesmal hatte sie in einem Krankenhaus in Viterbo entbinden wollen. Ilaria fuhr nach Viterbo, dann begleitete sie Aurora in das Haus ohne Wasser und Licht zurück, das Emanuele, wer weiß warum, gekauft hatte. Aurora und Ilaria kehrten mit dem Taxi aus dem Krankenhaus nach Hause zurück, denn Aurora war es nicht danach zumute, selbst zu

fahren, weil sie noch von der Geburt ermüdet war, und Emanuele war nicht da, er war nach Mexiko gereist, um Notizen für das Buch zu sammeln, das er schrieb. Das größere Kind war Nachbarn anvertraut worden, und in ihrer Obhut befanden sich auch die drei Katzen und die beiden Hunde. Aurora ging sie alle einsammeln. Das Haus war schmutzig, und Ilaria machte sich daran, es von oben bis unten zu putzen. Es brauchte Tage, um es gründlich sauber zu machen. Es wäre auch nötig gewesen, einige Möbel zu kaufen. Es gab einen einzigen Schrank, und die Kleider von allen waren zusammen mit dem Geschirr, den Kochtöpfen und Decken da hineingestopft. Die Böden bestanden aus Ziegeln. Man mußte eimerweise heißes Wasser darübergießen. Für das Wasser mußte man an den Bach gehen.
Während Ilaria die Böden schrubbte, sah sie vom Fenster aus Aurora, die zum Stillen auf dem großen Platz vor dem Haus saß. Schatten gab es dort nicht, und Aurora hatte sich einen großen Strandhut aufgesetzt. Das größere Kind spielte in einem Laufställchen, die drei Katzen und die beiden Hunde streunten in der Nähe umher. Aber ehe das Haus noch gänzlich geputzt war, sagte Aurora zu Ilaria, es sei besser, wenn sie jetzt gehe, entweder weil sie das Gefühl hatte, Ilaria schufte sich zu sehr ab oder weil sie Emanuele demnächst zurückerwartete, der, wie

Aurora ständig zu wiederholen pflegte, einen Mutterkomplex hatte.
Als Ilaria nach Rom zurückkam, fand sie Rirì in der Wohnung vor, die gekommen war, um für Pietro zu sorgen. Rirì hatte im Erker von Ilarias Zimmer einen großen Karton aufgestellt, den sie sich vom Drogisten hatte geben lassen, und ihn mit wollenen Lumpen gefüllt. Das war für die Katze Ninna-nanna, die demnächst Junge bekommen sollte. Rirì behauptete, Katzen brächten sie gern in Kartons zur Welt. Dann bemerkte sie, daß Aurora und Ninna-nanna gewöhnlich zur gleichen Zeit niederkämen.
An diesem Abend begann Ilaria sich bei Rirì und Pietro auszuweinen und sagte, sie habe den Eindruck, Aurora sei unglücklich. Sie fand es ein starkes Stück, daß Emanuele ausgerechnet in den Tagen der Niederkunft nach Mexiko gereist war. Pietro und Rirì suchten sie zu trösten. Pietro sagte, das Geschäft mit Rirìs Vetter sei fast unter Dach und Fach und er werde Aurora bald Geld schicken können, um ihr Haus ein bißchen auszubessern und es bequemer zu machen. Aber Ilaria meinte, Aurora würde auch in dem bequemsten aller Häuser unglücklich sein. Rirì meinte, Aurora habe ein seltenes Geschick, sich die verkehrten Männer auszusuchen. Aldo war keineswegs besser als Emanuele. Ja, er war sogar unendlich viel schlechter. Da verlangte Pietro, sie sollten so zartfühlend

sein, Aldo in seiner Gegenwart nicht zu erwähnen. Er wolle sich nicht erinnern. Die Wohnung nebenan hatte er nie wieder vermieten oder verkaufen wollen. Sie stand leer. Rirì sagte, Pietro könne nicht seine Erinnerungen schreiben, wenn er sich nicht erinnern wolle. Pietro antwortete, tatsächlich seien seine Erinnerungen seit Monaten zum Stillstand gekommen. Er wolle sich nur an friedliche, unaggressive, nicht belastende Dinge erinnern.
Wenige Tage darauf bekam die Katze Ninnananna fünf Kätzchen. Aber sie bekam sie nicht in dem Karton. Sie bekam sie in Ilarias Bett. Es war Nacht, und Ilaria schlief von diesen Kätzchen umgeben, die wie weiße Mäuse aussahen.
Am Morgen trug sie vorsichtig eins nach dem anderen in den Karton. Die Katze Ninna-nanna kroch neben die Kätzchen in den Karton. Sie blieb viele Wochen darin, säugte die Kleinen und hob ihr müdes, ernstes, ruhiges und trauriges Gesicht empor, um Ilaria anzuschauen.
Dann begannen die Kätzchen durchs Haus zu flitzen. Sie tranken jetzt Milch aus einer Untertasse und fraßen auch Fisch mit Reis. Pietro entdeckte sie manchmal im oberen Stockwerk in seinem Bad oder auch in seinem Bett. Er war geduldig geworden und hatte, wie er sagte, nicht mehr wie früher etwas gegen Katzen. Nur fand er, daß es ihrer zu viele waren. Man könne sie vielleicht in das Geschäft an der Via della Vite bringen und verkau-

fen. Aber Ilaria wollte nicht, denn der Gedanke, daß sie dort vielleicht lange in dem scheußlichen Käfig blieben, mißfiel ihr. Wenn sie drei Monate alt seien, würde sie sie weggeben und dazu sorgfältig nach Personen Ausschau halten, die sie gern mochten.

Eines Tages wurde Ilaria ohnmächtig, während sie die Straße überquerte. Ein Schutzmann und die Juweliersfrau, die mit dem Kater Napoleon zufällig vorüberkam, brachten sie nach Hause. Dort veranlaßte Pietro sie, sich zu Bett zu legen, und rief Rirì an. »Ich habe die Ginevra kommen lassen, die so unersetzlich ist, wenn jemand krank ist«, erklärte er. Rirì kam mit einem Arzt. Ilaria wurde in ein Krankenhaus eingeliefert. Es begannen langwierige Untersuchungen, die wochenlang dauerten. Ilaria hatte eine Geschwulst in der linken Lunge. Niemand sagte ihr etwas davon, aber sie wußte, daß sie sehr krank war, und glaubte, bald sterben zu müssen. Pietro und Rirì leisteten ihr Gesellschaft. Rirì sagte, sie gehe jeden Tag, um sich um die Wohnung und all die wunderschönen Kätzchen zu kümmern. Katzen waren, so sagte Rirì, eine ungeheure Ressource. Und Hunde auch. Pietro bat sie, ihm nicht von Hunden zu sprechen, weil er nicht an den Wolfshund Igor erinnert sein wollte.

Dann kam Aurora. Sie hatte schon zu stillen aufgehört, und das Kind trank Kuhmilch, die eine

Bäuerin jeden Morgen frisch brachte. Die kleinen Mädchen hatte sie mit einer Freundin zu Hause gelassen, und außerdem waren da ja noch die Nachbarn. Sozusagen Nachbarn, warf Ilaria ein, denn, um zu ihnen zu gelangen, mußte man eine halbe Stunde zu Fuß eine sehr steinige Straße gehen. Ob denn nicht Emanuele auch da sei, fragte sie. Aurora antwortete, Emanuele habe wieder fortfahren müssen, um sich mit seinem Verleger zu treffen. Sie sagte nicht, daß in Wirklichkeit Emanuele ihr nach seiner Rückkehr aus Mexiko gesagt hatte, er werde sie verlassen, da er eine andere Frau habe, und sie sagte auch nicht, daß sie schwer verschuldet waren und daß sie es entsetzlich überdrüssig war, auf dem Land zu leben, und nicht wußte, was zum Teufel sie tun sollte.

Ilaria bat Rirì, sie möge, wenn sie tot sei, die Katze Ninna-nanna zu sich nehmen. Die Kätzchen solle sie wegschenken. Rirì antwortete, sie solle keinen Unsinn reden. Sie habe gar nichts. Lediglich eine kleine Entzündung. Vielleicht werde man eine kleine Operation an ihr vornehmen. Ilaria erwiderte, sie könne nicht erklären wieso, aber wenn sie in der letzten Zeit die Katze Ninna-nanna angeschaut habe, habe sie immer an ihren eigenen Tod gedacht. Sie glaube, das liege an ihrer Fähigkeit, ihre Gedanken in eine unbekannte Richtung zu lenken. Und im übrigen hatte sie seit dem Tag, als Rirì ihr das erste Kätzchen in einem Schuhkarton geschickt hatte, begonnen, ein bißchen an den eigenen Tod zu denken. Wie sehr beschwerten mit den Jahren Erinnerungen die Worte, die deshalb mit Mühsal und Schmerz befrachtet seien. Wenn sie jetzt das Wort »Ente« sagte, dachte sie immer an das Nönnchen zurück, das eine Entenschnabelnase hatte. Wer weiß, wie es Pietro anstellte, sich nur an friedliche und nicht belastende Dinge zu erinnern. Wo in aller Welt gab es etwas Friedliches. Aurora schwieg, wickelte ihr Haar um einen Finger und steckte es in den Mund. Sie dachte daran, daß sie einmal gesagt hatte, drei Dinge gebe es, denen man sich im Leben verweigern müsse, der Heuchelei, der Resignation und dem Unglücklichsein. Aber es war unmöglich, sich vor diesen drei Dingen zu schützen. Sie drangen in das Leben ein, und es gab keine Möglichkeit, sich ihrer zu erwehren. Sie waren stärker und listiger als ein gewöhnlicher Mensch. »Bitte hör auf, dein Haar in den Mund zu nehmen«, forderte Ilaria sie auf. Aurora hatte den glühenden Wunsch zu erzählen, wie Emanuele ihr in jener Nacht, in der er zurückgekehrt war, gesagt hatte, daß er sie verlasse, wie er drei Tage später schon wieder fortgefahren war und wie sie beide in diesen drei Tagen keine Gelegenheit ausgelassen hatten, einander mit haßerfüllten Worten zu überschütten, wobei sie jedesmal, wenn die Kinder, die Bäuerin oder Nachbarn anwesend waren, sofort eine heuchlerische Maske der Freundlichkeit und Heiterkeit aufsetzten. Aber sie sagte nichts davon, und den ganzen Tag über legte sie es darauf an, sich ihrer Mutter gegenüber barsch, kalt und heiter zu geben, damit sie denke, alles gehe seinen gewöhnlichen Gang. Selbst Rirì und Pietro sagte sie nichts. Unglücklich zu sein, dachte Aurora, sei nicht nur zu kompliziert, um davon zu erzählen, sondern auch zu demütigend.

Abends kehrte Aurora in die Wohnung ihrer Mutter zurück, um zu baden und sich ein bißchen auszuruhen. Auf dem Treppenabsatz blieb sie einen Augenblick vor der Wohnung nebenan stehen, in der sie mit Aldo gelebt hatte. Neben der Tür hatten sie und Aldo mit Tusche »Palermo« an die Wand geschrieben und eine kleine Blume dazu gezeichnet. Ihre beiden kleinen Mädchen hießen Palermo, weil Aldo sich noch nicht um die Anfechtung der Vaterschaft gekümmert hatte. In der Wohnung ihrer Mutter waren alle Kätzchen mit ihren großen braunen Ohren und spitzen Gesichtern auf dem Vorplatz und warteten in ernsthaftestem Schweigen.

Ilaria starb in dieser Nacht. Aurora, die von Pietro gerufen worden war, traf erst in der Klinik ein, als sie schon tot war. Aurora und Pietro umarmten sich innig. Dann kam Rirì und weinte. Am nächsten Morgen kamen Rirìs Kinder, der Portier und die Juweliersfrau.

Nach der Beerdigung half Rirì Aurora Ilarias Kleider und Sachen aufzuräumen. In einem Schrank fanden sie die Schulhefte des kleinen Jungen, der mit neun Jahren gestorben war. Sie fanden auch viele Exemplare des Romans »Gianmaria«. In der Küche entdeckten sie in dem Ausgabenbuch ein Foto von Ombretta in Strandanzug und Sombrero auf der Terrasse mit dem Kater Pelzchen am Hals. Aurora sagte, sie wolle die Katze Ninna-nanna und die Kätzchen mitnehmen. Sie erinnerten sie an Ilaria. Die Kätzchen würde sie später, wenn sie zwei oder drei Monate alt waren, den Nachbarn und der Bäuerin schenken. Tags darauf kam Rirì und half Aurora dabei, alle Katzen in einem großen, eigens dazu bestimmten Korb in Pagodenform mit einem Fensterchen zu verstauen, der, wie sie sagte, sehr bequem sei, um Katzen zum Arzt zu bringen oder mit ihnen zu verreisen. Aurora war in dem alten Volkswagen mit den verbeulten Kotflügeln gekommen. Der Korb wurde auf den Sitz gestellt, der mit Bonbonpapieren und Plätzchenkrümeln übersät war. Rirì sprach sehr freundlich über Volkswagen. Pietro sagte, sie seien in der Tat vorzügliche Autos und robust wie Kamele. Aurora stimmte zu. Sie sagte nicht, daß dieser Volkswagen in Wirklichkeit Emanuele gehörte, der ihn für sich zurückhaben wollte. Sie stieg ein, und Pietro und Rirì schauten ihr zu, wie sie abfuhr. Auch sie wandte einen

Augenblick ihren Kopf zurück, um nach ihnen zu schauen, nach Rirì, mit einem schwarzen Kopftuch, das sie unter dem Kinn zusammengeknotet hatte, und mit den Händen in den Taschen ihres Regenmantels und nach Pietro in seiner schäbigen amaranthfarbenen Jacke, den feinen, grauen Kopf hoch erhoben, mit weißen Zähnen und trockenen strengen Augen.

Juli 1977

Geschenkausgaben
in Suhrkamp und Insel Verlag

Carossa, Hans: Jubiläumsausgabe in fünf Bänden. Insel Verlag

Dostojewskij, F. M.: Die großen Romane in acht Bänden. Insel Verlag

Goethe, Johann Wolfgang von: Jubiläumsausgabe in sechs Bänden. Insel Verlag

Hesse, Hermann: Die Romane und die Großen Erzählungen. Jubiläumsausgabe zum hundertsten Geburtstag. Acht Bände. Suhrkamp Verlag

– Gesammelte Erzählungen. Geschenkausgabe in sechs Bänden. Suhrkamp Verlag

Hölderlin, Friedrich: Geschenkausgabe in vier Bänden. Insel Verlag

Kin Ping Meh: oder Die abenteuerliche Geschichte von Hsi Men und seinen sechs Frauen. Aus dem Chinesischen von Franz Kuhn. Mit Holzschnitten. Geschenkausgabe in vier Bänden. Insel Verlag

Luther, Martin: Ausgewählte Werke in sechs Bänden. Herausgegeben von Karin Bornkamm und Gerhard Ebeling. Im Schmuckschuber. Insel Verlag

Nestroy, Johann: Geschenkausgabe in sechs Bänden. Herausgegeben und mit einer Einführung von Franz H. Mautner. Insel Verlag

Niebelschütz, Wolf von: Der Blaue Kammerherr. Galanter Roman. Geschenkausgabe in vier Bänden. Suhrkamp Verlag

Penzoldt, Ernst: Die schönsten Erzählungen. Geschenkausgabe in fünf Bänden. Suhrkamp Verlag

Proust, Marcel: Auf der Suche nach der verlorenen Zeit. Aus dem Französischen von Eva Rechel-Mertens. Geschenkausgabe in zehn Bänden im Schmuckschuber. Suhrkamp Verlag

Rilke, Rainer Maria: Werke. Geschenkausgabe in sechs Bänden. Ausgewählt und herausgegeben vom Insel Verlag. Mit einer Einleitung von Beda Allemann. Im Schmuckschuber. Insel Verlag

Shakespeare, William: Die großen Dramen, Tragödien, Historien und Komödien. Ausgewählt, nach den Erstdrucken neu übersetzt und erläutert von Rudolf Schaller. Geschenkausgabe in zehn Bänden. Insel Verlag

Tolstoj, Leo N.: Sämtliche Erzählungen. Herausgegeben, übersetzt und mit Anmerkungen von Gisela Drohla. Geschenkausgabe in acht Bänden. Insel Verlag

– Die großen Romane

Wagner, Richard: Dichtungen und Schriften. Herausgegeben von Dieter Borchmeyer. Jubiläumsausgabe in zehn Bänden. Insel Verlag

Walser, Robert: Die Romane und Erzählungen. Geschenkausgabe in sechs Bänden. Suhrkamp Verlag

91/1/8.84

Suhrkamp Taschenbücher Materialien

»Der Suhrkamp Verlag hat der älteren Idee, rund um einen gewichtigen Autor biographische und essayistische Texte zusammenzustellen, mit seiner Reihe ›suhrkamp taschenbücher materialien‹ neuen Schwung verliehen.«
(Frankfurter Allgemeine Zeitung)

Herbert Achternbusch. Hg. J. Drews. st 2015
Samuel Beckett. Hg. H. Engelhardt. st 2044
Thomas Bernhard, Werkgeschichte. Hg. J. Dittmar. st 2002
Brasilianische Literatur. Hg. M. Strausfeld. st 2024
Brechts ›Aufhaltsamer Aufstieg des Arturo Ui‹. Hg. R. Gerz. st 2029
Brechts ›Gewehre der Frau Carrar‹. Hg. K. Bohnen. st 2017
Brechts ›Guter Mensch von Sezuan‹. Hg. J. Knopf. st 2021
Brechts ›Leben des Galilei‹. Hg. W. Hecht. st 2001
Brechts ›Mann ist Mann‹. Hg. C. Wege. st 2023
Brechts ›Mutter Courage und ihre Kinder‹. Hg. D. Müller. st 2016
Brechts Romane. Hg. W. Jeske. st 2042
Brechts ›Tage der Commune‹. Hg. W. Siegert. st 2031
Brochs ›Verzauberung‹. Hg. P. M. Lützeler. st 2039
Die deutsche Kalendergeschichte. Ein Arbeitsbuch von Jan Knopf. st 2030
Hans Magnus Enzensberger. Hg. R. Grimm. st 2040
Frischs ›Homo faber‹. Hg. W. Schmitz. st 2028
Frischs ›Andorra‹. Hg. E. Wendt u. W. Schmitz. st 2053
Geschichte als Schauspiel. Hg. W. Hinck. st 2006
Hesses ›Siddhartha‹. Hg. V. Michels. 2 Bände. st 2048/2049
Hermann Hesse. Rezeption 1978-1983. Hg. V. Michels. st 2045
Ludwig Hohl. Hg. J. Beringer. st 2007
Ödön von Horváth. Hg. T. Krischke. st 2005
Ödön von Horváth. Der Fall E. oder Die Lehrerin von Regensburg. Hg. J. Schröder. st 2014
Horváths ›Geschichten aus dem Wiener Wald‹. Hg. T. Krischke. st 2019
Horváths ›Jugend ohne Gott‹. Hg. T. Krischke. st 2027
Kafka: Der Schaffensprozeß. Hg. H. Binder. st 2026
Der junge Kafka. Hg. G. Kurz. st 2035
Alexander Kluge. Hg. T. Böhm-Christl. st 2033
Franz Xaver Kroetz. Hg. O. Riewoldt. st 2034
Literarische Utopie-Entwürfe. Hg. H. Gnüg. st 2012
Karl May. Hg. H. Schmiedt. st 2025
Friederike Mayröcker. Hg. S. J. Schmidt. st 2043
E. Y. Meyer. Hg. B. von Matt. st 2022

55/1/8.84

Suhrkamp Taschenbücher Materialien

Plenzdorfs ›Die neuen Leiden des jungen W.‹ Hg. P. J. Brenner. st 2013

Rilkes ›Duineser Elegien‹. Drei Bände. Hg. U. Fülleborn. st 2009/2010/2011

Schillers Briefe über die ästhetische Erziehung. Hg. J. Bolten. st 2037

Spectaculum. Deutsches Theater 1945-1975. Hg. M. Ortmann. st 2050

Martin Walser. Hg. K. Siblewski. st 2003

Weimars Ende. Im Urteil der zeitgenössischen Literatur und Publizistik. Hg. T. Koebner. st 2018

Ernst Weiß. Hg. P. Engel. st 2020

Peter Weiss. Hg. R. Gerlach. st 2036

Peter Weiss: ›Ästhetik des Widerstands‹. Hg. A. Stephan. st 2032

55/2/8.84

Verzeichnis
der suhrkamp taschenbücher

Eine Auswahl

2/1/6.84

2/2/6.84

2/3/6.84

2/4/6.84

2/5/6.84

2/6/6.84